카르페 디엠

카르페 디엠

호라티우스

김남우 옮김

CARPE DIEM
Quintus Horatius Flaccus

일러두기

1   이 책은 D. R. Shackleton Bailey, Q. Horatius Flaccus Opera, 2001을
    토대로 우리말로 번역했다.
2   본문 주석은 아래의 책들을 참고하였다.
    A. Kiessling und R. Heinze, Q. Horatius Flaccus Oden und Epoden, 1917.
    R. G. M. Nisbet and Magaret Hubbard, A commentary on Horace, Odes
    Book 1~2, Oxford, 1970, 1978.
    R. G. M. Nisbet and Niall Rudd, A commentary on Horace, Odes Book 3,
    Oxford, 2004.
    D. H. Garrison, Horace, Epodes and Odes, Oklahoma, 1991.
3   띄어쓰기 등 국립국어원 맞춤법 규정에서 벗어난 경우가 있는데, 이는
    로마 서정시 운율을 우리말로 표현하기 위한 시도 가운데 하나이다.
4   호라티우스는 각 시의 제목을 따로 붙이지 않았기 때문에, 첫 시행의
    첫 두 단어를 각 시의 제목으로 쓰는 것이 관례이다. 이 책에서도
    원칙적으로 첫 두 단어를 제목으로 잡았다.

짧은 우리네 인생에 긴 욕심일랑 잘라내라.

말하는 새에도 우리를 시새운 세월은 흘러갔다.

내일은 믿지 마라. 오늘을 즐겨라.

차례

프롤로그   9

1권   오늘을 즐겨라   11
         carpe diem

2권   가난으로 행복하나니   79
         parvo bene

주(註)   125
작가에 대하여   161

문학을 뱃사람의 노래와 뭍사람의 노래로, 바다를 추수하는 사람들의 문학과 땅을 기는 사람들의 문학으로 나눈다면 『오뒷세이아』는 바다 항해자들의 문학이자, 여행자, 탐험가, 조난자, 이주자, 장사꾼의 문학이다. 이들은 풍요의 땅으로 떠날 채비를 차리는 중이거나, 가는 중이거나, 아니면 그곳에서 보화를 가득 싣고 고향으로 돌아오는 중이다. 이들은 영리하고 말재주가 뛰어날 뿐 아니라 임기응변에 능하여, 난파를 당하면 곧 도와줄 사람을 잘도 구한다. 또 이들은 손재주가 좋은 목수가 되기도 해서 조난지를 벗어날 뗏목을 보잘것없는 도끼로 곧잘 만들어 낸다. 이들은 세상 이치에 밝고 많은 사람을 만났기 때문에 그 생활과 풍습과 생각을 금방 이해한다.

한편 『일리아스』는 헤파이스토스가 아킬레우스의 방패에 새겨 넣은 세계를 그리워하는 이들의 문학이며, 포도주 신의 축복을 누리는 이들의 문학이자 조상에게서 물려받은 작은 땅을 일구는 농부의 문학이자 해가 지고 밤을 밝히는 별자리를 관측하던 목동의 문학이다. 또한 친구들이 그의 죽음을 슬퍼하는 가운데 대지에 묻히는 것을 명예로 알고 싸우는 전사(戰士)의 문학이다.

호라티우스의 문학은 농부의 문학이다. 시인은 뭍을 떠나려 하지 않았다. 먼 길을 떠나는 친구들을 말렸으며 귀향한 친구들을 위해서는 포도주를 아끼지 않았다. 시인은 로마를 멀리에 두고, 사비눔 농장으로 내려가 살고자 했다. 화려하고 분주한 대도시를 벗어나려 했고 가난하고 한적한 시골로 돌아가려는 시골 쥐였다. 시인에게 나무와 바람과 샘물은 시원했고, 포도주와 친구와 저녁 모임은 즐거웠다. 이것들을 서울

쥐들이 가난이라고 부른다면 시인은 이렇게 말할 것이다. 바로 그
"가난 때문에 감히 나는 시를 쓰게 되었습니다."

지제 지평의 농부 이갑룡을 기억하며
김남우

오늘을 즐겨라

carpe diem

I 1 마에케나스! 왕가의 자손이여!

마에케나스! 왕가의 자손이여!
나의 보루, 나의 달콤한 자랑이여!

누구는 전차 달리는 올륌피아 경기장의
흙먼지가 기쁨이며, 불붙은 바퀴로 반환점을
돌아 얻은 값진 승리가 희열이라, 그것은   5
지상의 그를 신의 반열에 올려놓는다.

누구의 환호는 주변에 모여든 변덕스러운
시민들이 그를 관직에 올리려 다투는 것이며,
누구의 즐거움은 리뷔아의 곡물을 쓸어 와
가리지 않고 제 창고를 채우는 것이다.   10

물려받은 한 뼘 땅을 일구며 기뻐하는
이를 아탈루스 보화로 꾀어내지 못하니
농부는 선원이 되어 두려워하며 뮈르토움
바다를 퀴프로스의 배로 건너지 않는다.

이카로스 바다와 씨름하는 험한 서풍이   15
두려워 고향의 여가와 흙의 삶을 추켜
세우던 장사꾼은 곧 파손된 배를 고쳐
가난을 참지못하고 다시 길을 나선다.

오래 묵은 마시쿠스를 마시자 하면
멀쩡히 일할 벌건 대낮에도 마다치않고   20
갓 푸른 나무 아래 신성한 시냇물의
잔잔한 머리맡에 몸을 누일 사람이 있다.

전쟁터에 세운 군영, 전투의 뿔피리와
뒤섞인 나팔 소리, 어미들은 가슴 졸이는
전쟁에 기뻐하는 이들이 많고, 엄동설한   25
고운 안식구는 까맣게 잊고 충직한 개와
사슴이 나타날까, 마르수스 멧돼지가
그물을 뚫을까 지켜보는 사냥꾼이 있다.

머리에 쓴 현자의 담쟁이 화관은 나를
신들과 함께 있게 하며, 그늘진 숲에   30
사튀로스와 어울린 여인합창대는 나를
세상과 떼놓는다. 에우테르페가 피리를,
폴뤼휨니아가 레스보스의 비파를
연주하길 사양치 않을 때에.

당신이 나를 뤼라의 시인이라 여긴다면   35
나의 정수리가 하늘의 별에 닿으리라.

I 2 이제 충분치 않은가?

이제 충분치 않은가? 땅에 무섭게 폭설과
우박을 신들의 아버지가 쏟아 붓고 불타는
오른손으로 신들의 언덕을 내리침에
로마는 두려워했다.

백성은 두려워했다. 험한 세월, 퓌르라가   5
탄식하던 전례 없는 재앙의 시절이 온 건,
바다노인 프로테우스가 가축을 이끌고
높은 산을 찾는 건,

물고기들이 지난날 비둘기의 둥지였던
느릅나무 꼭대기에 자리 잡는 건, 겁먹은   10
사슴들이 머리를 물 밖에 겨우 내밀어
헤엄치는 건 아닌지.

우리는 누런 티베리스강이 솟아오르며
에트루리아 강둑을 맹렬하게 흔들고
옛 왕들이 세운 기념비와 베스타 신전을   15
집어삼키는 걸 보았다.

티베리스는 슬퍼하는 아내 율리아를 위해
복수자를 자처하며 범람하여, 유피테르가

옳다 않거늘, 좌안을 쓸어버렸으니
아내를 아끼는 강이로다.   20

창칼 벼르는 소리를 듣겠다 —
차라리 그것으로 페르시아나 없앨 일이지 —
선대의 죄로 벌어진 전쟁, 전쟁 함성을
몇 안 되는 후손이 듣겠다.

백성은 어떤 신을 불러 몰락하는   25
나라를 위해 기도하리까? 제단을 지키는
여인들은 어떤 기도로써 들으려 않는
베스타를 귀찮게 하리까?

유피테르는 심판자의 소임을 뉘에게
주셨는가? 마침내 우리는 간청합니다.   30
구름으로 빛나는 어깨를 가린
존엄한 아폴로께!

아니, 원한다면, 웃음이 많은 에뤼키나,
요쿠스와 쿠피도와 동행하는 여신께!
아니, 그간 버려두었던 집안과 혈족을   35
돌보려하는 시조신,

잔인한 전쟁 함성과 가벼운 투구,
피 묻은 적을 노려보는 마르스 병사의
얼굴에 기뻐하는 분, 참으로 오랜 전쟁
놀음에 물린 당신께!   40

아니, 모습을 바꾸어 청년의 형상으로
이 땅에 날아온 당신께! 마이아가
양육한 아드님, 허락하소서, 카이사르의
복수자로 불리길!

천천히 하늘로 돌아가소서. 오랫동안   45
기쁨으로 로마백성 사이에 머물며
우리의 죄로 불쾌하여 너무나 일찍
때 이른 바람을 타고

떠나가지 마소서. 여기서 위대한 개선식,   50
여기서 국부와 원수 호칭을 사랑하고,
응징하여 메디아가 말 달리게 두지 마소서,
지도자인 당신, 카이사르여!

I 3 그렇게 너를 퀴프로스의

그렇게 너를 퀴프로스의 주인이,
빛나는 별자리 헬레나의 형제들이,
바람의 아버지가 다른 것들은
묶고 이아퓍스만으로 너를 이끌길.

배여, 너에게 그를 맡기노니   5
베르길리우스를 아티카 땅에 무사히
데려다주길. 내 영혼의 반 토막인
그를 돌보아주길 기원한다.

참나무와 삼중의 철갑을
가슴에 두른 사람이 있어 처음으로   10
거친 바다에 허약한 배를 띄웠다.
그는 곤두박질치며 북풍과

씨름하는 서풍, 슬픔의 휘아데스
남풍, 그 광기를 두려워 않았다.
이들을 다스려 파도를 깨우고   15
잠재우는 강력한 아드리아의 통치자를.

그가 죽음의 발걸음을 두려워했을까?
겁 없는 눈으로 그는 헤엄치는 괴물과

소용돌이치는 바다를, 악명 높은
아크로케라우니아 절벽을 보았다.   20

현명한 신은 헛되이 서로
만나지 못하도록 대양으로 대지를
갈라놓았던가! 불경한 배들은 닿지
않도록 막아선 바다를 건너가고,

뭐든 감내하겠다는 무모함으로   25
인간종족은 금지된 불경을 감행했다.
무모한 이아페투스의 아들은 못된
거짓으로 인간에게 불을 전해주었다.

천상에 자리한 궁전에서 불씨를
훔쳐 온 후부터, 전에 없던 쇠약과 열병이   30
무리 지어 대지에 창궐하였으며,
전에는 멀찍이 느리기만 하던

죽음이 발걸음을 재촉하었다.
다이달로스는 텅 빈 하늘을
인간에게 없던 날개로 도전하였고,   35
헤라클레스의 과업은 하계를 범하였다.

인간에게는 못할 일이 없었다.
우리는 어리석게도 하늘을 도모하며
우리의 범죄로 유피테르가
성난 번개를 던지도록 만들었다.　　　　　40

I 4 매서운 겨울날이 풀려

매서운 겨울날이 풀려 봄과 서풍이 즐거이 돌아오니
기중기는 말려두었던 배를 끌어내린다.
가축들은 더는 외양간을, 농부는 군불을 달가워 않는다.
이제 목장은 덮였던 잿빛 눈을 벗는다.

퀴테라 베누스는 달이 뜨는 밤 합창대를 이끌고,   5
고운 그라티아 여신들은 요정들과 어울려
발 바꾸어 땅을 구른다. 그사이 퀴클롭스의 무서운
대장간을 불타는 불카누스가 방문한다.

이제 갓 푸른 도금양으로 머리를 장식해도 좋겠고
혹은 녹으며 풀린 대지가 가져온 꽃들로.   10
이제 그늘진 숲 파우누스에게 제사를 지내도 좋겠고
양으로 제물을 삼아 혹은 그게 더 좋다면 염소로.

창백한 죽음은 빈자의 초막이나 제왕의 궁성이나
공평하게 두드린다. 행복한 세스티우스여!
짧은 순간의 삶은 먼 훗날을 기약치말라 한다.   15
벌써 어둠과 전설처럼 전해 오는 망자들과

플루토의 파리한 집이 닥쳐온다. 게로 떠나면 당신은
다시는 술자리의 제왕으로 뽑히지도

어린 뤼키다스를 감탄치도 못하니. 그에게 청년들
모두가 달아오르고 곧 처녀들도 뜨거워질 테다.　　　20

I 5 어떤 애송이가

어떤 애송이가 가득한 장미 가운데
좋은 내 향수로 몸을 씻고,
퓌르라, 그대 달콤한 동굴에 매달렸는가?
그를 위해 금빛머리를 묶었는가?

곱고 소박하게. 어찌할꼬, 맹세와   5
변심하는 신들 때문에 눈물지을 것을,
거친 바다 검은 바람에 놀랄 것을
순진한 그는 알지 못한다.

지금 그대를 황금인 양 끌어안고
그대가 늘 기다리며 언제나 사랑해주길   10
바라는 그는 바람의 숨결 그 속임수를
알지 못한다. 하긴 불쌍할 건

눈부신 그대를 한 번도 잡지 못한 자들.
나는 바다의 강력한 신에게 바쳐진
신전의 벽에 소망의 서판을 걸고   15
실연으로 젖은 옷을 올렸다.

I 6 용감하게 적을

용감하게 적을 물리친 당신을
마이오니아 시가를 노래하는 바리우스가,
당신이 이끌어 가매 병사들은 얼마나 사납게
배 타고 말 달려 싸웠는지 쓰겠지요.

아그리파여, 우리는 이런 것을,   5
굽힐 줄 모르는 잔혹한 아킬레스의 분노를,
두 마음을 가진 울릭세스의 바닷길을,
끔찍한 펠롭스 집안을 노래하지

않으니, 작은 이에게는 과한 일. 염치와
전쟁과 무관한 뤼라에 밝은 무사여신들은,   10
위대한 카이사르와 당신을 모자란 재주로
칭찬하는 일이 없도록 금합니다.

누가 로마 철갑을 입고 싸우는 마르스를
걸맞게 노래하겠으며, 트로이아 흙먼지로
검은 메리오네스, 또는 팔라스의 도움으로   15
신과 겨룬 디오메데스를 노래하겠습니까?

우리는 잔치를, 우리는 날 세운 손톱으로
청년들에게 덤벼드는 여인들의 전투를

노래하지요. 몸이 달 때나 아닐 때나,
언제나 그렇듯 가벼운 마음으로. 20

I 7 사람들은 빛나는 로도스

사람들은 빛나는 로도스 혹은 뮈틸레네를 칭찬한다.
에페소스, 혹은 양면 바다인 코린토스의
성벽, 혹은 박쿠스의 테베, 혹은 아폴로의 유명한
델포이, 혹은 테살리아 템페를 칭찬한다.

어떤 이들의 유일한 업은, 처녀신 팔라스의 도시를   5
길고 긴 노래로 칭송하는 것이며,
하여 감람나무 화관으로 머리를 장식하는 것이다.
많은 이들은 유노 여신의 명예를 위해

말 먹이는 아르고스와 풍요의 뮈케네를 노래한다.
하나 시련을 견디는 라케다이몬도 내게,   10
라리사의 기름진 들판도 내게 감동을 주지 못하니,
메아리치는 알부네아의 거처만큼,

곤두박질치는 안니오의 폭포, 티부르 숲과 굽이치는
강물로 젖은 언덕만큼 하겠는가?
어둔 하늘에서 남풍이 구름을 쫓아 개일 때가 있어   15
비바람을 계속해서 낳는 건 아니니,

그와 같이 명심하라! 당신도 현명한 마음으로
슬픔과 인생의 노고를 잊고

플랑쿠스여, 술을 마시자, 깃발 나부끼는 성채가
당신을 붙잡는 지금이나 티부르 숲의 짙은   20

녹음이 붙잡을 나중에나! 테우케르가 살라미스에서
아버지를 피해 달아날 때, 포도주로
취한 머리에 포풀루스 화관을 묶었다고 전하며
슬퍼하는 전우들에게 말했다 한다.

"아비보다 다정한 운명이 이끄는 곳으로   25
친구들아, 전우들아, 가자꾸나.
테우케르가 지도자이며 보호자이니 절망치마라!
틀림없는 아폴로가 테우케르에게

새로운 살라미스가 신천지에 있으마 약속하였다.
용맹한 사람들아! 나와 함께 이보다   30
험한 일도 겪었던 친구들아! 이제 술로 근심을
잊어라! 내일은 큰 파도를 타리라."

I 8 뤼디아여, 말하라!

뤼디아여, 말하라! 모든 신을 걸고
청하니, 왜 그댄 쉬바리스가 사랑놀음에 병들길
재촉했는가? 왜 그는 뜨거운
연병장을 버리고 흙먼지와 태양을 견디려 않는가?

어찌 동료 병사들과 함께   5
어울려 말 달리지 않으며 늑대 재갈을 물려
갈리아 말을 길들이려 않는가?
왜 누런 티베리스에 뛰어들기를 겁내며, 왜

감람유를 독사의 피만큼
경계하여 피하고, 어깨를 걸머진 무기로 멍 들려   10
않는가? 때로 원반으로,
때로 멀리 날아간 투창으로 이름 높던 그가 아닌가!

그는 왜 숨으려 하는가? 바다의 여신
테티스의 아들이 트로이아의 눈물 젖은 장례식을
앞두고, 남자의 갑옷이 죽음으로,   15
뤼키아의 무덤으로 데려갈까 싶어 숨은 것처럼.

I 9 보았는가? 얼마나 눈이

보았는가? 얼마나 눈이 수북이 쌓여
소락테 산정이 희게 빛나고 있는지.
신음하는 숲은 눈 무게를 이기지 못하고
계곡은 혹한에 얼어붙었다.

화덕에는 장작을 가득 채워 추위를   5
쫓고, 사비눔의 술항아리에는
사 년 묵힌 포도주를, 주연의 왕이여,
넉넉히 걸러두어라.

나머진 신들의 처분에 맡겨라.
신들이 성난 바다에 맞붙은 폭풍을   10
멈추려 할 때면, 측백나무도
늙은 물푸레도 쉬게 될게다.

내일 무슨 일이 닥칠지 묻지 마라.
운명이 가져다주는 날들은 덤이라
셈하라. 청춘이 달콤한 사랑을   15
마다할쏘냐? 니도 춤을 추어라.

푸르른 너에게 아직 침울한 백발은
저 멀리에 머문다. 지금은 백사장으로

어두워질 무렵의 나직한 속삭임을
따라 약속한 시간에 찾아가라.   20

지금은 골목 저편 몸 숨긴 곳을
누설하는 소녀의 반가운 웃음을 따라,
완강하게 버티던 팔 혹은 손에서
빼앗아둔 약속의 담보를 들고 가라.

I 10 말에 능한 메르쿠리우스

말에 능한 메르쿠리우스, 아틀라스의 손자,
이제 갓 빚어진 야만의 인간종족에게
언어를, 몸을 단련하는 체육을
가르친 신이여!

당신을 노래합니다. 높으신 유피테르와   5
신들의 전령을, 굽다란 뤼라의 발명가를,
원하는 건 뭐든 곧잘 재미로
훔쳐두는 도둑 신을.

속여 훔쳐간 소들을 돌려놓지 않을 테냐,
으르렁대며 갓 태어난 당신을 벼르던   10
아폴로는 화살통마저 빼앗기고는
웃고 말았습니다.

그뿐입니까? 일리온을 떠나온 부유한
프리아모스가 아트레우스의 오만한 아들들,
테살리아의 횃불, 트로이아 적들의 군막을   15
피한 건 당신 덕입니다.

당신은 경건한 영혼들을 복된 안식처로
인도하는, 황금의 막대기로 육신을 떠난

가벼운 무리를 단속하는, 천상과 하계의
신들에게 고마운 벗입니다.   20

I 11 묻지 마라, 아는 것이

묻지 마라, 아는 것이 불경이라. 나나 그대에게,
레우코노에여, 생의 마지막이 언제일지 바빌론의
점성술에 묻지 마라. 뭐든 견디는 게 얼마나 좋으냐.
유피테르가 겨울을 몇 번 더 내주든, 바위에 부서지는
튀레눔 바다를 막아선 이번 겨울이 끝이든, 그러려니.   5
현명한 생각을. 술을 내려라. 짧은 우리네 인생에
긴 욕심일랑 잘라내라. 말하는 새에도 우리를 시새운
세월은 흘러갔다. 내일은 믿지 마라. 오늘을 즐겨라.

I 12 어떤 사내를 혹은

어떤 사내를 혹은 영웅을, 뤼라 또는 높은
피리로 칭송하려 하십니까? 클리오여!
어떤 신을? 즐거운 메아리는 누구의 이름을
따라 부르게 될까요?

헬리콘산의 그늘진 숲 속에서 혹은   5
핀두스산 혹은 찬바람의 하이무스산에서.
산의 나무들은 노래하던 오르페우스를
무작정 따랐습니다.

모친에게 배운 노래로 질주하는 강물들,
서두르는 바람들을 잠재우는 시인은,   10
노래하는 뤼라에 귀 기울이는 떡갈나무를
시인은 이끌었습니다.

저는 익숙한 칭송으로 아버지가 아니면 누굴
먼저 노래할까요? 인류와 신들의 일,
바다와 땅, 온 세상을 변화무쌍한 날씨로   15
다스리는 그분이 아니면.

자식 중에서 그분보다 위대한 신은 없으며
강하달쏜 비슷하고 버금가는 신도 없습니다.

굳이 말하자면, 그분에게 제일 가까운 명예를
가진 이는 팔라스,   20

싸움에 능한 여신이여. 어찌 당신을 잊겠습니까?
해방의 신이여! 또 잔혹한 짐승들을 제압하는
처녀신이여! 빗맞지 않는 화살을 가진 두려운
당신 포에보스여!

저는 알케우스의 손자, 레다의 자식들을   25
노래합니다. 하나는 언변으로, 하나는 권투로
높이 빛났습니다. 별이 된 그들이 선원들에게
밝은 빛을 보낼 때면

바위를 바술 듯하던 물은 물러나 잔잔하고
바람은 잦아들고, 구름은 멀리 달아나며,   30
그들이 원하면, 위협하던 파도는 바다위에
몸을 누입니다.

다음으로 저는 로물루스를 먼서, 아니면 평화로운
폼필리우스의 왕국을, 아니면 오만한 왕
타르퀴니우스의 권표(權表)를, 아니면 카토의 고귀한   35
죽음을 노래할까요?

레굴루스에게, 스카우로스들에게, 대범함으로
기꺼이 페니키아인에게 쓰러진 파울루스에게,
먼저 칭송의 노래로 감사를 드릴까요?
혹은 파브리키우스에게?   40

이 사람이, 머리를 빗지않는 쿠리우스가,
카밀루스가 전쟁에 유익하게 쓰이도록,
혹독한 가난과 조상에게 물려받은 작은 집과
땅이 단련시켰습니다.

침묵하는 세월 속에 나무처럼 마르켈루스의   45
명성이 자라납니다. 수많은 별가운데 빛나는
율리우스의 별은 작은 별들가운데 마치
달과 같습니다.

인간종족의 아버지 그리고 보호자이신
사투르누스의 아드님이여, 위대한 카이사르를   50
돌보시고 카이사르에게 호의를 베푸사
당신 치세를 이어가소서.

그는 라티움을 위협하는 파르티아 사람들을

정당한 승리로써 다스려 정복하였으며,
동방의 해안에 거주하는 세레스인들과 55
인도인들을 복속시켰으니,

당신의 바른 시종은 기쁜 세상을 만들 겁니다.
당신은 큰 전차로 올림포스를 흔드실 것이며,
당신은 깨끗하지 못한 숲에는 무시무시한
번개를 던지실 겁니다. 60

I 13 뤼디아야, 네가

뤼디아야, 네가 텔레포스의
장밋빛 어깨를, 텔레포스의 새하얀
팔뚝을 칭찬할 때, 아아, 나의
간장은 끓어 담즙이 부풀어 오른다.

그때 내 마음과 낯빛은   5
제자리를 벗어나고, 눈물은 볼을 타고
남몰래 흘러, 가슴이 소리 없이
얼마나 불타고 있는지 말해준다.

나는, 황홀한 네 어깨에
술 취해 뒤엉킨 씨름이 상처를 남기고,   10
흥분한 소년이 깨물어
네 입술에 기억을 남겨 나는 불탄다.

내 말을 잘 새겨들어라.
달콤한 입술을 상처 입힌 그가 영원히
네 것이라 바라지 마라. 네 입술을   15
베누스가 사랑의 정수로 적셨다지만.

세 번 아니 그 이상 행복하여라.
변함없는 결합으로 하나 된 이들이 불행한

불화로 깨지지 않으며, 이들에게
죽는 그날까지 사랑이 떠나지않는다면.   20

I 14 배야, 파도가 다시

배야, 파도가 다시 일어 너를 바다로
끌려한다. 뭘 하려는가? 굳건히 항구를
지켜라. 너는 보지 못하는가?
노가 있던 옆구리는 비었고

돛대는 사나운 폭풍에 부러지고   5
활대는 신음하고, 끝도 없이
야단스러운 바다를 배가 이기지
못할 지경인 것을?

이제 네 돛에는 성한 곳이 없고
괴로운 네가 부를 신들도 없다.   10
흑해에서 태어나 자란 소나무,
유명한 숲의 딸이라며

네 종족과 성씨를 자랑한들 헛일.
겁먹은 선원이 배가 예쁘다고
승선친 않는다. 풍랑에 장난거리가   15
되지 않으려거든 조심하라.

한때 내게 성가신 괴로움이었으나,
이제 그리움과 작지 않은 근심이여,

빛나는 퀴클라데스 제도를
흘러가는 바다를 피하라.   20

I 15 배은망덕한 목동이

배은망덕한 목동이 바다건너 이다산에서
출항한 배로 헬레네를 데려갈 적,
날랜 순풍을 묶어, 안달하는 그를 억지로
붙잡으며 두려운 운명을 노래한

네레우스. '너는 불길한 새를 데리고 돌아간다.   5
새를 찾아 희랍이 많은 군대를 이끌고
쫓으며, 네가 맺은 혼인과 프리아모스의
옛 왕국을 부수기로 서약할 게다.

애통하다. 말들과 사람들이 얼마나 많은 땀을
쏟을까! 얼마나 많은 죽음이 다르다노스   10
종족에게 있을까! 팔라스는 투구와 방패,
마차와 분노를 벌써 준비했다.

베누스의 비호 아래 무서울 것 없는 너는
머리를 빗고, 여인들의 호감을 살
노래를 고운 키타라로 가다듬으나 헛된 일.   15
혼인침실로 도망쳐, 육중한

창과 크노소스 갈대에 매달린 화살촉과
맹렬한 군대와 발 빠른 아약스를

피하려 하나 헛된 일. 간부(姦夫)의 머리에
재를 뿌려도 이미 때는 늦으니.   20

네 동족을 패망시킬 라에르테스의 아들과
퓔로스의 네스토르를 생각지 않았더냐?
너를 겁먹지 않는 살라미스의 테우케르가,
너를 싸움에 능한 스테넬로스,

필요할 때는 말도 잘 부리는 그가 막지   25
않았더냐? 너는 메리오네스 또한
경험할 것, 아비보다 뛰어난, 분노한
튀데우스의 아들이 찾게 될 게다.

계곡 건너편에 모습을 드러낸 늑대를
피해 고운 풀밭을 잊은 사슴처럼 약한   30
너는 숨을 잔뜩 몰아쉬며 도망칠 게다.
이를 네 여인에게 약속했더냐?

아킬레우스의 분노한 함대는 일리온과
프뤼기아 여인들에게 그날을 늦추겠지만,
운명이 정한 겨울들이 지나면 아카이아의   35
화염이 일리온의 집들을 태울 게다.'

I 16 아름다운 모친보다

아름다운 모친보다 아름다운 따님이여!
죄 많은 내 얌보스에 그대가 원하는 대로
어떤 시련이든 내리시라. 불 속에 넣든
아니면 아드리아해에 던져버리든.

딘뒤메도, 무녀들이 내려가던 퓌티아   5
성소의 주인도 마음을 격앙시켰으며,
마찬가지 리베르도, 날카로운 바라를
겹치던 코뤼바스들도 그리하였으나,

성난 분노에 비기겠습니까? 노리쿰 칼도
말리지못하며, 배들이 난파하는 바다도,   10
맹렬한 화염도, 천지에 울리는 꿍음을
휘두르는 유피테르도 못하더이다.

전설에 프로메테우스는 태초의 진흙에
사방에서 빼앗아온 원소들을 덧붙이되,
사자에게서 잘라온 원소인 광분을   15
사람 뱃속에 심어놓았다 하니,

분노는 튀에스테스를 끔찍한 살육으로
쓰러뜨렸으며, 위대했던 도시의 마지막

사연, 도시가 뿌리째 흔들려 멸망해버린
원인, 오만한 군대가 성벽을 갈아엎는   20

증오를 쟁기질한 이유였다 하더이다.
마음을 진정하시라. 나 또한 가슴에 맺힌
달콤하던 청춘의 분노에 부추김 받아,
그리도 성급하게 질주하는 얌보스를

미쳐 노래했을 뿐. 이제 어여쁜 말로   25
내 폭언을 잊어주길 간청하오. 그러니 나를
다정하게 맞아주시며, 그대는 험담을
고쳐 노래하는 내게 마음을 여시길.

I 17 날랜 걸음의 파우누스가

날랜 걸음의 파우누스가 뤼카이우스를
떠나 종종 아름다운 루크레틸리스에 오면
언제나 내 염소들에게 불타는 더위,
폭우를 품은 바람을 막아준다.

여기 걱정 없이 숲을 뒤지며 숨은 딸기와   5
백리향덩굴을 찾아 길 없는 길을 헤매는,
고약한 냄새를 풍기는 수컷의 아내들,
힘 넘치는 뱀도 두려워않는,

포악한 늑대도 두려워않는 암컷들.
그때마다, 튄다리스, 달콤한 피리소리가   10
계곡 깊은 곳에, 길게 누운 우스티카의
부드러운 바위에 울려 퍼진다.

신들이 날 돌보시니, 신들께 난 충직하며
무사여신을 모신다. 여기서 네게 풍요가
가득 넘쳐흐를 것이고, 넉넉한 인심의   15
뿔에서 쏟아지는 대지의 결실도.

여기 후미진 계곡에서 천랑성이 가져온
더위를 너는 피하며 테오스의 현악기로

한 사내 때문에 시름하는 페넬로페와
빛나는 키르케를 노래하라.   20

여기서 세멜레의 아드님 튀오네우스는
전쟁 신과 다투지 않으리니, 너는
레스보스 포도주의 소박한 술잔을
그늘아래 들어라. 의심 많은

퀴루스가 절제치 못하는 손을 여린 네게   25
휘두르지는 않을까, 머리에 올린 화관을
망가뜨리고 죄 없는 옷을 찢지는
않을까 걱정치않으리라.

I 18 바루스여, 신성한

바루스여, 신성한 포도나무에 앞서 다른 나무를
고운 티부르 땅, 카틸루스 성벽아래 심지마오.
신은 술 마시지 않는 이들에게 시련을 주나니,
마음을 좀먹는 근심은 달리 없어지지 않는 법.
누가 술 마시며 힘든 군대와 가난을 한탄하던가?   5
누가 아버지 박쿠스를, 고운 베누스를 찾지않는가?
하나 리베르의 선물을 과하게 탐하지않도록,
라피타이와 켄타우로스의 처참한 싸움이 과음을,
이를 성난 에우히우스도 시톤인들에게 경고했다.
그들은 욕정에 싸여 경건과 불경을 실오라기하나로   10
구분코자했다. 찬란한 바사레우스여, 원치않는
당신을 흔들지도, 많은 잎에 가린 당신신상을
하늘아래 벗기지도 않으리니, 베레퀸투스의
피리와 사나운 북소리를 멈추시라. 눈먼 자만심이,
헛된 목을 과도하게 곧추세운 허영심이, 비밀을   15
유리처럼 폭로하는 배신이 뒤따를 북소리를.

I 19 쿠피도의 잔인한

쿠피도의 잔인한 모친이,
테베 세멜레의 아드님이 내게 명하되,
감당할 수 없는 욕망이 다시
없을 줄 알았던 사랑을 되찾으라 한다.

글뤼케라의 황홀한 광채가 나를   5
불지른다. 파로스 대리석보다 눈부신 순백이,
달콤한 그녀의 오만이 나를
불지른다. 감히 쳐다보기도 두려운 얼굴이.

퀴프로스를 떠난 베누스 여신은
온몸으로 내게 달려온다. 내게 스퀴티아를,   10
말을 뒤로 타는 용감한 파르티아를,
아니 다른 것은 무엇이든 노래치말라 한다.

갓 베어 온 풀을 내게 이리로, 이리로
늘푸른 가지를 옮겨다오. 아이들아, 향유도,
두 해 묵혀놓은 술단지도 함께.   15
희생제물을 받으시고 이빈엔 살며시 오시라.

I 20 누추한 사비눔

누추한 사비눔 포도주를 소박한 잔에
받아 대접할 겁니다. 극장을 찾은 그대가
갈채 받던 날 제가 직접 희랍 술동이에
담아 봉해두었던 술.

소중한 마에케나스, 기사여, 그대 고향을   5
흘러온 강과 어울려 함께 바티카누스산에
사는 즐거운 메아리가 그대를 기려
칭송을 주고받던 날 담근 술.

그대가 마시는 카이쿠붐 포도주, 칼레스
압착기로 짜낸 포도주, 팔레르눔 포도주,   10
포르미아 언덕에 나는 포도주를
섞지 않은 제 술병.

I 21 어린 소녀들아

어린 소녀들아, 디아나를 노래하라!
소년들아, 장발의 퀸티우스를 노래하라!
높디높은 유피테르가 마음속 깊이
사랑한 라토나를.

너희는 시냇물과 무성한 이파리에,   5
차가운 알기두스, 어두운 에뤼만티우스,
푸른 그라구스에 기뻐하는
여신을 노래하라.

또한 너희는 템페 계곡을 칭송하라!
소년들아, 아폴로가 태어난 델로스섬을,   10
화살통과 동생에게 받은
뤼라로 빛나는 어깨를.

이제 눈물의 전쟁, 비참한 기근과
파멸을 인민과 영수 카이사르에게서
페르시아와 브리타니아로 너희   15
바림대로 가져갈 신올.

I 22 죄는 티끌만한 것도

죄는 티끌만한 것도 없는 삶에
마우리의 창과 활은 필요치않고,
독화살로 가득 채운 화살통도
필요치않다, 푸스쿠스여!

불타는 쉬르티스를 여행하거나   5
손님을 배척하는 카우카수스, 전설이
무수히 흘러가는 휘다스페스의
땅을 지날 때라도.

사비눔의 늑대도 무장 않은 나를,
랄라게를 노래하며 마을의 경계 넘어   10
근심치 않고 멀리까지 쏘다니던
나를 해하지않았다.

싸움꾼 다우니아스도 큰 떡갈나무
숲에서 키운 적 없고, 유바의 대지,
사자들의 메마른 젖줄도 낳은 적 없는   15
그런 무서운 짐승이.

나를 데려다 불모지에, 아무런 나무도
자라지 못하는 열풍의 땅에, 안개와

혹독한 유피테르가 다스리는 땅에
데려다 놓아라.   20

태양의 마차가 아주 가까이 지나는,
사는 이 없는 땅에 데려다 놓아라.
난 노래하리라. 즐겁게 웃는 랄라게,
재잘거리는 그녀를.

I 23 사슴마냥 나를

사슴마냥 나를 피하느냐, 클로에!
길 없는 산속에 걱정하는 어미를
놓쳐 숲의 숨결에도 공연히
놀라는 어린 사슴.

바람에 살랑이는 가시덤불 이파리에   5
얼어버리고, 푸른 빛의 도마뱀이
붉게 익은 딸기를 떨구어도
가슴과 다리가 후들거린다.

하나 나는 사나운 범이나 가이툴리아
사자처럼 널 물어가려고 쫓는 게 아니다.   10
그만 어미의 품을 떠나라.
사내를 따를 때 아니냐.

I 24 어찌 체면이 있고

어찌 체면이 있고 끝이 있으리까?
소중한 사람을 애도하는데. 슬픔의 노래를
부르소서, 멜포메네여! 아버지는 키타라에
어울릴 고요한 목소리를 주셨으니.

퀸틸리우스가 영원히 잠들었다.   5
이제 그만큼 겸손하며, 정의를 숭상하며
한결같은 믿음과 벌거벗은 진실을 보여준
인물을 언제 또 만날 수 있을까?

좋은 친구들은 그를 눈물로 보냈으나
베르길리우스, 너보다 슬퍼한 친구는 없었다.   10
신들께 경건히, 난 보낸적이 없으니
돌려달라 말한들 소용없는 일.

트라키아 오르페우스보다 달콤하게
나무도 듣게끔 뤼라를 연주한들 어쩌겠나?
그런들 떠난 영혼에 혈색이 돌아올까?   15
섬뜩한 지팡이로 일단

어둠의 땅으로 몰아넣은 메르쿠리우스가
간청에 쉽사리 운명의 문을 열겠는가?

가혹함이여! 쉬이 참고 견딜 수밖에.
되돌리는 것은 불경한 일.   20

I 25 굳게 닫힌 창을

굳게 닫힌 창을 조막돌로 숱하게
두드려대던 당돌한 젊은이들은 사라지고,
너의 잠을 빼앗던 이들도 없어지고 문짝은
닫힌 채 문턱에 붙었다.

예전에는 문기둥이 닳도록 바쁘게   5
움직였건만. 점점 뜸해져 이젠 듣지못할
목소리. "당신 때문에 나는 밤을 지새우는데,
뤼디아여, 잠드셨는가?"

지금 너는 네 늙은 몸을 거들떠보지 않는
한량들 때문에 쓸쓸한 뒷골목에 눈물짓는다.   10
밀어닥친 트라키아 북풍은 미친 듯
달 없는 밤이면 더욱 세차다.

뜨겁게 끓어오른 네 사랑과 욕망은 지난날
수말을 찾던 퇴기들을 분노케 하더니,
이제 네 간장은 분노로 가득 한탄과   15
뒤엉켜 부어오르는가.

젊은 것들은 어리고 푸른 담쟁이 잎사귀에
기뻐하고 도금양을 즐거워하는 법이라.

말라버린 이파리는 겨울의 동반자인
동풍에 내주라한다.   20

I 26 무사여신들이 도우사

무사여신들이 도우사, 슬픔과 걱정은
크레타해로 실어가라 모진
바람에 맡깁니다. 누가 큰곰자리 아래
동토에서 왕으로 사는지,

뭐가 티리다테스를 떨게하는지 걱정할   5
일이 아닙니다. 외딴곳 옹달샘에
기뻐하는 여신이여, 열대의 꽃을 엮어
내 라미아에게 화관을.

달콤한 핌플레이스여. 당신이 있기에
내게 영광이 있습니다. 이 사람을   10
새 뤼라, 레스보스 비파로 당신 자매들은
축복함이 옳습니다.

I 27 즐겁자고 태어난

즐겁자고 태어난 술잔에 대취하여
싸우는 건 트라키아풍. 야만의 습속을
거두라. 조심스레 마시는 박쿠스를
피 흘리는 싸움에서 구하라.

포도주를 밝힌 등불과 메디아 단검은   5
대단한 상극이 아니던가? 불경한
광란과 소음을 멈추어라. 친구들아!
베개에 기대어 누워라.

너희는 나 또한 독한 팔레르눔을
마시길 바라는가? 오푸스에 사는   10
메귈라의 오라비가 말하라. 뭐에 맞아,
뉘 화살에 행복하게 야위었는가?

말 못하겠다? 말하지 않는다면 나도
마시지 않겠다. 어떤 베누스가
널 불태우든 부끄러워할 불길은   15
없는 법. 너는 매번 점잖은

사랑에 애태웠지. 누굴 품었는지
털어놓아라. 맙소사, 이런 일이!

카립디스에게 걸려 고생하누나.
소년아, 좀 나은 사랑을 찾아라.　　　　　　　　　20

어떤 예언자, 어떤 영웅이 너를,
어떤 신이 테살리아 묘약에서 구할꼬?
세 얼굴의 키메라에게 걸려든 너를
페가수스가 있어 구할쏘냐.

I 28 헤아릴 수 없는 바다와

헤아릴 수 없는 바다와 땅과 모래를
헤아리던 당신은, 아르퀴타스여,
만티눔 바닷가 티끌로 쌓은 작은 묘지에
들어있다. 쓸데없었던 일,

죽을 운명의 존재가 천문에 도전하고   5
둥근 천공을 머리로 측량했던 건.
신들의 만찬에 참석한 펠롭스의 아비도,
하늘에 오른 티토노스도,

유피테르의 비밀을 들은 미노스도 죽었다.
판투스의 아들도 하계로 보내져   10
다시 저승에 섰다. 방패를 다시 가져와
트로이아에 살았음을 증명했고,

검은 죽음에 양보한 건 육신이라 했건만.
당신이 자연과 진리의 훌륭한
증인이라 했던 그도. 끝없는 밤이 모두를   15
한번은 가야 할 저승길이 기다린다.

분노는 모진 마르스의 일을 만들어내고,
바다는 선원들의 죽음을 탐한다.

늙고 젊은 죽음으로 묘지는 가득하다. 아무도
차디찬 프로세르피나를 피하지 못한다.   20

"나도 또한 저무는 오리온의 난폭한 동반자
북풍을 일뤼리쿰 바다에서 만났지요.
뱃사람아, 널린 모래를 너그러운 마음으로
흙옷도 못 입은 내 뼈와 머리에

세 번 뿌려주오. 그러면 동풍이 헤스페리아의   25
파도로 위협할지라도, 베누시아의
숲이 화 입을 때라도 당신은 무사하리다. 상(賞)이
너그러운 당신에게 넘쳐 날 것이니,

타렌툼의 수호신 유피테르와 넵투누스가
줄 것이오. 죄 없는 후손에게 재앙이   30
될 잘못을 당신은 가볍게 생각하는가? 혹 만에
하나라도 응징과 신들의 보복이

당신을 기다린다면? 내 소망은 헛되지않고
어떤 제물로도 당신을 용서치 않으리다.
바쁜 길이라도, 그저 잠깐일 뿐. 그러니 세 번   35
모래를 뿌려 덮어주고 떠나오."

I 29 이키우스여, 유복한

이키우스여, 유복한 아라비아의 가자를
부러워하는가? 무서운 군대를 이끌고
한 번도 정복되지 않았던 사바
왕국으로 가는가? 사나운 메디아인들을

사슬에 묶으려는가? 이방의 아낙네가   5
남편을 전쟁에서 죽인 네게 복종하겠는가?
왕궁에서 자란 소년이 머리에
기름을 바르고 술자리시중을 들겠는가?

그도 아비에게 받은 활에 세레스의 화살을
없을 줄 아는데. 가파른 산에서 내려온   10
티베리스와 강들이 산으로
역류하지 않는다고 누가 장담하는가?

만약 네가 사방에서 사들인 소중한 책들,
파나이티오스와 소크라테스 학파를 팔아,
히베리아의 갑옷을 입는다면.   15
더 많은 부를 장담하며 그리한다면.

I 30 베누스여, 크니도스와

베누스여, 크니도스와 파포스의 여왕이여,
아끼는 퀴프로스를 떠나, 많은 유향을 바치며
당신을 부르는 글뤼케라의 아름다운 집을
신전 삼아 찾으십시오.

불타는 소년을 당신이 데리고 재촉하여,   5
허리띠를 풀어놓은 그라티아와 요정들을,
당신이 없으면 매력을 잃는 유벤타스를,
메르쿠리우스를 재촉하여.

I 31 아폴로 신전 축성에

아폴로 신전 축성에 시인은 무얼 비는가?
새로 수확한 포도주를 제단에 바치며
무얼 비는가? 풍요로운 사르디니아의
풍성한 곡식도 아니며,

불타는 칼라브리아에서 자라는 보기 좋은   5
소 떼도, 황금 혹은 인도 상아도 아니며
침묵의 강 리리스가 고요한 강물로
적시는 대지도 아니다.

유복한 이들은 칼레스 낫으로 포도나무
가지를 치며, 부유한 상인은 황금잔으로   10
쉬리아의 진귀한 물건과 맞바꾼
포도주를 모조리 비운다.

신들께서 이들을 아끼시나보다. 세 번
네 번 해마다 아틀라스 바다를 건너
다녀도 무사하다니. 나는 감람과와   15
상치와 연한 아욱을 양식 삼는다.

주어진 걸 즐기며 건강하도록 저에게,
라토나의 아드님, 맑은 정신으로 소원하는

저에게 노년을 아름답게 키타라와
함께 보내게 허락하소서.   20

I 32 세상은 나를 찾되

세상은 나를 찾되, 세상 멀리 나무그늘 아래
널로와 노닐적에 그러했듯, 이제 부르려무나
비파여, 라티움의 노래를, 언제까지
남을 노래를.

먼저는 네가 레스보스의 시인과 노래했고,   5
전투에서 사납게 싸우던 시인은 전장에서
또는 바닷가에서 파도에 젖은 배를
매어놓고

박쿠스와 무사여신들과 베누스, 언제
어디나 베누스와 동행하는 소년을 노래했었다.   10
검은 머리 검은 눈의 고운 뤼쿠스를
노래했었다.

포에보스의 자랑이여, 천상의 잔치에서
달가운 유피테르의 악기여, 시름을 덜어줄
달콤한 구원과 치료여, 인사하게나!   15
정중히 청하는 이에게.

I 33 알비우스여, 그렇게

알비우스여, 그렇게 아파하지 마라.
매정한 글뤼케라를 잊지못해 비탄가를
부르며, 어찌 젊은 사내에게 반해
그녀가 맹세를 잊은 채 너를 버렸는지.

어린 이마의 아름다운 뤼코리스는   5
퀴루스를 사랑하여 타오르고, 퀴루스는
냉정한 플로에게 빠져 있다. 아풀리아
늑대가 염소와 짝짓는 것보다

바람난 플로에가 딴짓하지 않기가 더 어렵다.
베누스는 장난을 즐기사 어울리지 않는 짝,   10
생김도 생각도 맞지 않는 짝을 청동멍에에
함께 묶는다. 얼마나 잔인한 조롱인가!

월등한 베누스가 찾아왔었건만 결국
난 뮈르탈레의 달가운 족쇄에 잡혔었다.
아드리아와 칼라브리아 해안을 굴복시킨   15
파도보다 맹렬했던 해방노예 그녀에게.

I 34 신들을 잘 찾지도

신들을 잘 찾지도 모시지도 않는
어리석은 지혜에 참여했던 건
나의 잘못이었습니다. 이제 돛에
바람을 싣고 버려두었던 길을

다시 찾아갑니다. 유피테르께서는   5
자주 구름에 가린 하늘을 번개로
나누고, 고함치는 말들과 날개
마차를 개인 하늘로 몰고갑니다.

육중한 대지와 그 위를 흐르는 강,
스튁스강과 무서운 타에나리스,   10
아틀라스의 강역도 그 소리에
진동합니다. 위아래가 뒤바뀌고

빛이 어둑해지고, 어둠이 환해진 건
신의 조화입니다. 섬뜩한 괴성으로
모든 걸 앗아가는 운명은, 내주었던   15
왕관을 가져가길 즐깁니다.

I 35 살가운 안티움을

살가운 안티움을 다스리는 여신,
태어나 죽을 운명의 미천한 인간을
높이고, 당당한 개선식을 장례식으로
바꾸는 여신이여!

가난한 촌부도 간절한 소망을 안고,   5
비튀니아 목선으로 카르판티움
바다를 들볶던 선원도 바다의 주인
당신을 찾습니다.

사나운 다키아, 도망하는 스퀴티아,
국가들이며 민족들, 맹렬한 라티움,   10
야만족 왕들의 어미들, 붉은 옷의
왕들은 두려워합니다,

당신이 불길한 발걸음으로 찾아와
멀쩡한 기둥을 허물고, 운집한 군중이
무기를 내친 자들에게 전쟁을 외치며   15
왕권을 무너뜨리지나 않을까.

잔혹한 필연은 언제나 당신의 시종.
강철 손에 들보만한 쇠못과 쐐기를

들었으며, 단단한 자물쇠와 빛나는
납을 내려놓는 일은 없습니다.   20

분노한 당신이 옷을 바꾸어 입고
막강한 세도가의 집을 분노하여
떠나갈적이면 흰옷으로 손을 가린
신의와 희망은 떠나고 없습니다.

신의 없는 군중은 맹세를 저버리는   25
창부처럼 되돌아서고, 거짓된 친구는
술이 떨어지면 함께 멍에를 걸머지길
사절하고 떠나는 법.

세상끝자락 브리타니아로 떠나려는
카이사르를, 동풍의 땅과 일출의 붉은   30
오케아노스에 두려움을 가져가는
새 군대의 청년들을 돌보소서.

형제끼리 저지른 창피한 범죄와 상처.
험한 세월에 무얼 두려워했습니까?
해선 안 될 일 중 무얼 하지 않았습니까?   35
신들이 두려워 젊은 날 손대지

않은 게 뭣입니까? 어느 신전을 가만히
두었습니까? 바라건대, 새로 모루에
무뎌진 칼날을 마사게테스와 아라비아를
향해 벼를 수 있게 도우소서.　　　　　40

I 36 유향과 비파를 들어

유향과 비파를 들어 기뻐하고
기뻐하라! 송아지의 피를 바쳐 경배하라!
누미다를 돌보았던 신들께.
그가 막 서쪽 땅끝에서 무사히 돌아왔다.

좋은 친구들에게 많은 입맞춤을,   5
누구보다 많은 입맞춤을 소중한 라미아와
그는 나누었다. 같이 뛰놀았던
다른 누구도 아닌 어린 시절 기억속의 대장,

성인식을 함께 치렀던 친구와.
이렇게 기쁜 날은 크레타 백분으로 그어라.   10
술단지에 끝이 있을쏘냐.
살리움풍으로 추되 발을 멈춰선 안 되며,

독주를 못 마시는 다말리스도 이번엔
트라키아식으로 마셔 바수스를 이겨야 한다.
성대한 잔치에 장미꽃이 빠질쏘냐.   15
사철 푸른 송악과 쉬이 지는 백합을 올려라!

모두가 다말리스에게 흐릿한
눈빛을 보내는데도 아랑곳없이 다말리스는

새 애인에게서 떨어지지 않으니
욕정의 담쟁이보다 지독하게 붙었구나.   20

I 37 이젠 마셔야한다

이젠 마셔야한다, 가벼운 발걸음으로
땅을 차야한다. 이젠 살리움 사제들처럼
음식을 마련하여 풍성하게 제단을
꾸밀 때가 되었다. 친구들아!

카피톨리움에 여왕이 어리석은 파멸과   5
죽음을 제국에 끌어들일 때에는 아직
선조의 저장고에서 카이쿠붐 포도주를
거르는 건 불경이었다.

더러운 질병에 오염된 추악한 사내들의
떼거리들을 이끌고, 절제하지 못하고   10
바라는 대로 얻는다는 달콤한 행운에
취한 여왕. 광기는 사라졌다.

배 한 척에 기대 전화(戰火)를 피해 달아났다.
마레오티스 포도주에 취한 머리에다
진정한 공포를 각인코자 카이사르는   15
이탈리아에서 도망친 그녀를

노 저어 서둘러 뒤쫓아 갔다. 송골매가
약한 비둘기를, 마치 사냥꾼이 날쎄게

하이모니아의 눈 덮인 벌판에서 토끼를
뒤쫓듯 그렇게. 쇠사슬을 들어   20

끔찍한 괴물을 묶었다. 여왕은 의연하게
파멸을 받아들이며, 여인들처럼 그렇게
칼에 떨지않았고, 은신의 고장을
빠른 배들로 찾아가지 않았다.

패망한 왕국을 굴하지않는 침착한 얼굴로   25
바라보다가 의젓하게 맹독을 자랑하는
사나운 뱀들을 끌어안아 죽음의 독을
온몸으로 받아들였다.

죽음을 각오하고 여왕은 더욱 결연했다.
왕위를 잃고, 잔인한 리부르니아 전함에   30
실려 오만한 승자에게 절대 끌려가지
않으려는 듯 당당했다.

Ⅰ 38 아이야, 페르시아산

아이야, 페르시아산 세간은 나는 싫다.
보리수줄기로 엮은 화관일랑 두어라.
어느 곳에 늦은 장미가 아직 남았는지
찾아보지도 마라.

소박한 도금양에 뭔가 덧붙여 장식하려는   5
열심일랑 그만두어라. 시중드는 네게나,
포도나무 그늘아래 마실 때는 도금양이면
내게도 그만이다.

가난으로 행복하나니

parvo bene

II 1 집정관 메텔루스 이래

집정관 메텔루스 이래 시민의 동요,
내전의 원인, 그 과오와 경과,
운명의 장난, 일을 심각하게 만든
지도자들의 우정과 갈등,

아직 씻어내지 못한 피의 전쟁,   5
모험을 불사한 주사위의 결정을
이야기하며, 그대는 불덩이를 감춘
잿더미를 건드리누나.

가혹한 비극의 무사여신이 잠시
극장을 벗어나도 좋겠고, 역사를   10
정리한 후 케크롭스 장화의 장엄한
극을 다시 상연해도 좋겠다.

억울한 죄인들을 앞서 돌봐주며
원로원 의사당을 이끄는 폴리오여!
달마티아 승리를 이끈 그대에게   15
영원한 명예의 월계수를.

여기 높이 질러대는 호각소리에
귀가 얼얼하고, 여기 나팔이 울고,

여기 무기들의 섬광은 말과 기병의
얼굴을 기겁하게하고,   20

여기 추하지 않은 흙먼지를 뒤집어쓴
위대한 장군들이 내게 보이는 듯.
불굴의 카토 정신을 제외한 세상
모든 것이 대지에 엎드렸고,

유노나 아프리카를 아끼는 어느   25
신이든 복수도 못한 채 떠나야했으나,
이제 승자의 후손이 희생물로 대지에
유구르타에게 바쳐졌구나.

라티움의 피로 살찌우지 않은 땅이,
불경한 전쟁을 무덤으로 증명치않은   30
땅이, 메디아에 저녁땅의 멸망소식을
알리지 않는 땅이 있는가?

어느 바다, 어느 강이 슬픔의 전쟁을
모를까? 다우니아의 죽음으로 붉게
물들지않은 대양이 어디 있는가?   35
우리가 피 흘리지 않은 땅이?

하나 짓궂은 무사여! 장난을 멈추지도,
케오스 장송곡을 연주하지도 마시고,
저와 함께 디오네의 동굴속에서
가벼운 비파의 노래를 부르소서.　　　　40

II 2 황금을 멀리하는

황금을 멀리하는 크리스푸스
살루스티우스여, 탐욕스런 대지에
묻어둔 보화는 광채를 잃고마느니,
절제된 지출로 빛을 발하길.

프로쿨레이우스는 동생들에게 베푼   5
아비의 마음 때문에 오래 살아갈 것.
꺾일 줄 모르는 명성의 날개는 길이
그를 세상에 알릴 게다.

욕심스런 마음을 다스린다면 더 넓은
세상을 다스릴 게다. 뤼비아를 머나먼   10
가데스에 엮어 양쪽 포에니 땅을
합한 것보다 넓은 세상을.

지독한 수종은 물을 마실수록 커지고
갈증은 사라지지 않는 법. 고질의 원인,
물로 부푼 병이 혈관을 떠나고 창백한   15
육신을 버리지 않는다면.

퀴로스의 왕위를 차지한 프라아테스를
덕은 세평과 달리 행복한 사람 축에

넣지않았으며, 사람들에게 행복이란
이름을 옳게 쓰도록 가르쳤다. 20

덕은, 왕국과 누구도 도전할 수 없는
왕권에 어울릴 월계수를 오직 한 사람,
쌓아둔 커단 재물에 눈이 뒤집히지
않는 사람에게만 허락했다.

II 3 힘겨운 일에도 평상심을

힘겨운 일에도 평상심을 굳게
지키고, 감당치못할 즐거움은
좋다만 하지말고 마음을 다스려
절제하라. 필멸의 델리우스!

종일을 슬픔으로 살아갈 때거나,   5
멀리 풀밭에 누워 축제의 날을
보내며, 표를 달아 광에 넣어둔
팔레르눔을 꺼내다 즐길 때라도.

거기 큰 소나무와 하얀 포풀루스는
나뭇가지를 합해 손님맞을 그늘을   10
드리우고 굽이쳐 흘러가는 맑은
강물은 도망치듯 길을 재촉한다.

이리로 포도주와 향유, 금방 시드는
아름다운 장미를 가져오라 명하라.
사정이 넉넉하고 시간과 세 자매의   15
검은 천이 이를 허락한다면.

떠나가겠다. 사둔 땅과 집을 두고
누런 티베리스 강변의 저택을 두고

떠나가겠다. 당신 상속인은 가산을
바다에 던져 넣을 테다.   20

전설의 이나쿠스 가문에서 부자로,
나건, 미천한 가문에서 가난하게
태어나 살아가건 다를 바 없으니,
가차없는 오르쿠스의 희생자.

모두 한곳에 이르겠다. 모두에게   25
운명의 항아리가 늦거나 이르거나
그날을 꺼내놓겠고, 영원한 망명의
배로 우릴 데려가겠다.

II 4 하녀를 마음에

하녀를 마음에 두었다고 부끄러울 건 없다.
포키스의 크산티아스여. 전에 성질 사나운
아킬레우스를 눈처럼 흰 살결의 노예
브리세이스가 움직였고

텔레몬의 아들 아약스에게 포로로 잡혀온   5
테크메사의 고운 자태가 주인을 움직였고,
아트레우스의 아들은 승리의 축하연에
잡혀온 처녀에게 반했다.

테살리아 승자에게 이방의 군사들이
모두 죽고, 헥토르가 쓰러진 가운데   10
패망의 장애물이 없어진 페르가몬이
지친 희랍에 넘어간 뒤다.

모를 일이다. 금발의 고운 퓔리스를 낳은
부모가 딸을 되찾아 너를 사위로 맞을지,
분명 왕가의 여식으로 자신에게 혹독한   15
페나테스를 한탄하고 있을지.

믿지도 말라. 네가 사랑하는 그녀가 막된
천민에게서 낳겠는가. 그렇게 충실하고

욕심 없는 그녀를 형편없는 어미가
낳을 수 있겠는가.   20

난 그녀의 팔과 얼굴과 미끈한 다리를
칭찬하되 사심은 없다. 의심치마시게!
벌써 여덟 번째 오 년을 바삐 마무리하는
나이에 무얼 어쩌겠나.

II 5 아직은 멍에를

아직은 멍에를 지기에 어리고,
아직은 여자구실을 다하기에
어리고, 욕정에 달려드는 수소를
감당하기에 어리다.

당신의 어린 암소는 푸른 들판에   5
마음이 가 있다. 한여름 더위를
위로하는 강물, 젖은 덤불 속에서
다른 암소들과 노닐 생각,

오로지 그 생각뿐. 덜 익은 포도를
먹을 욕심을 거두라. 곧 울긋불긋   10
가을은 당신의 푸른 포도송이를
검붉게 익혀놓겠다.

당신을 따르리다. 세월은 무섭게
흘러가고, 그녀에게 네게 빼앗은
시간을 보태어 랄라게는 곧 얼굴을   15
세워 들고 남자를 찾겠다.

냉정한 폴로에도 그녀만큼 예쁘지
않았고, 어두운 바다에서 순결하게

빛나는 달처럼 눈부신 클로리스도,
크니도스의 귀게스도.   20

만일 소녀합창대에 어울려 넣으면,
눈 밝은 손님도 전혀 분간할 수 없는
얼굴이 헷갈려 구별해내지 못할,
머리를 늘어뜨린 그도.

II 6 가데스로, 멍에를

가데스로, 멍에를 짊어지지 않으려는
칸타브리아로, 마우루스의 파도가 한없이
거품을 토해내는 야만의 쉬르티스로
나를 데려가려는 셉티미우스여,

아르고스 사람이 세웠다는 티부르가   5
내 노년의 안식처가 되었으면 좋겠고,
바다 항해와 행군의 여로에 지친 이에게
휴식처가 되었으면 좋겠다.

어지런 운명에 거기 닿지 못한다면,
가죽옷 입은 양들이 즐기던 갈라에수스,   10
스파르타의 팔란투스가 다스린 땅을
대신 얻었으면 좋겠다.

세상 모든 땅이 아니라 후미진 구석이
내게 미소 지으니, 휘메투스에 뒤지지않는
꿀이 만들어지고, 푸른 베나프룸과 앞뒤를   15
다투는 감람나무가 자라는 곳,

유피테르가 긴 봄날과 포근한 겨울날을
선물하며, 풍성한 박쿠스에게 사랑스러운

아울론이 팔레르눔 포도에 버금가는
포도를 키워내는 곳.   20

그곳이 나와 더불어 당신을, 행복한 산천이
우리를 부른다. 거기에 당신은 시인친구의
아직 식지않은 재를 눈물과 함께
뿌림이 마땅하겠다.

II 7 그렇게 자주

그렇게 자주 나와 함께 마지막까지
브루투스 군대를 따라 전투했던 너를,
너를 누가 당당한 로마시민으로
조국 이탈리아로 돌려보냈는가?

친구들 가운데 제일가는 폼페이우스,   5
자주 너와 어울려 지루한 하루를 술로
달랬다. 쉬리아 몰라바트룸 향유로
머리를 빛나게 장식하고서.

함께 필리피 들판을 보았고 시원찮은
방패를 버리고 부지런히 도망했고,   10
싸울 용기는 사라져 용감했던 얼굴들은
추하게 흙을 깨물고 말았다.

재빠른 메르쿠리우스가 적진에 짙은
안개를 뿌려 겁에 질린 나를 구했고,
너는 다시금 전쟁터를 향해 달려드는   15
성난 파도가 실어가 버렸다.

유피테르에게 빚진 성찬을 바치자.
오랜 군역으로 탈진해버린 옆구리를

나의 월계수 아래 뉘여라. 그리고 오직
너를 위해 담갔던 술을 마셔버리자.   20

시름을 잊게 하는 마시쿠스를 닦아 둔
술잔에 부어 마시자. 커다란 조개에
기름을 채워라. 어느 아이가 촉촉한
담쟁이잎과 도금양을 엮어 화관을

만들기로 했는가? 베누스는 누구를   25
주연의 판관으로 선포했는가? 정신을
잃고 에도니인처럼 대취하겠다. 친구가
돌아오니 미치는 것도 달콤하겠다.

II 8 만약 네가

만약 네가 거짓맹세의 벌로,
바리네여, 네 몸 한구석이 부서지고,
그래서 네 치아가 검게 변하거나
손톱이 창백해진다면

네 말을 믿겠다. 너는 배신을 일삼는   5
머리를 묶어 맹세하고 또 아름답게,
눈부시게 꾸미고 청년들 모두의
관심이길 바란다.

땅에 모신 모친의 재를 손쉽게
속이는가 하면, 침묵하는 밤 별들과   10
하늘을 속이고, 싸늘한 죽음을 모르는
신들마저 속인다.

베누스 여신은 웃기만, 소박한
숲의 여신들도 웃기만, 잔인한 쿠피도도
언제나 피 묻은 숫돌에 사나운 화살을   15
벼르며 웃기만 한다.

청년들은 너에게 점점 몰려들어 새로
노예들이 늘어가는데, 옛 남자들은

불경한 여주인을 떠나지 않는다.
떠나라는 위협에도.   20

너를 자식 때문에 어미가 무서워하고
너를 인색한 아비, 막 혼인식을 올린
불쌍한 신부가 너의 바람이 남편을
지체시킬까 두려워한다.

II 9 눈보라 폭풍이

눈보라 폭풍이 몰아쳐 혹독한 대지에
계속해서 머무는 것도, 카스피움해를
종잡을 수 없는 소용돌이 바람이 계속
들썩이는 것도, 아르메니아 땅에,

친구 발기우스, 게으른 얼음이 꿈쩍 않고   5
일 년 내내 버티는 것도, 북풍에 한없이
가르가누스 전나무가 시름하는 것도, 내내
물푸레나무가 잎 없이 사는 것도 아닌데,

너는 계속해서 울음 섞인 곡조를 읊으며
빼앗긴 뮈스테스를 찾는구나. 샛별이 솟아   10
오르지만 너의 사랑은 가라앉지 않으니,
저녁별이 서두르는 일출을 피할 때까지.

세 세대를 살았던 노인도 사랑하는
안틸로쿠스를 위해 일 년 내내 통곡하진
않았고, 아직 피지도못한 트로일로스를   15
부모도, 프뤼기아 자매들도

계속해서 애도하진 않았다. 여인네의
탄식일랑 그만 접어라. 차라리 새롭게

노래 부르자. 카이사르 아우구스투스의
승리를, 얼어붙은 니파테스를,   20

정복된 민족들과 더불어 예전보다 작게
물결을 낮추도록 명받은 메디아의 강을,
지정받은 영토 안에서, 좁은 들판에서만
말 달리도록 허락받은 겔로니인들을.

II 10 이런 삶이 옳겠다

이런 삶이 옳겠다. 리키니우스. 바다를
쉼 없이 들볶지도 말고, 바다폭풍이
두려워 무서움에 떨며 반기지않는
뭍에만 너무 매달리지도마라.

황금의 중용을 추구하는 사람은   5
저열한 집안의 지저분한 것들을 피해
멀리하며, 남들이 부러워하는 저택
없이 검소하게 지낸다.

거대한 소나무는 더욱 거친 바람에
흔들리며, 하늘을 찌르는 성탑은 더욱   10
처참히 무너져 내리며, 산꼭대기는
벼락을 맞게 되는 법이다.

어려울 때 희망을, 좋을 때 두려움을
가지며, 뒤바뀌는 운명에 잘 대비하는
마음을. 흉측한 겨울을 펼쳐 보이던   15
유피테르는 곧 다시 이를

거두어들인다. 지금 어렵다고 앞으로도
어려우리란 법은 없다. 키타라로 한때

침묵하던 무사여신을 아폴로는 재촉하니,
늘 활만 잡는 것도 아니다.   20

옹색한 형편이라도 용기를 갖고 굳건한
마음으로 버텨내며, 한결같이 지혜롭게,
너무나 달가운 바람이 불어올 때는
부풀어 오른 돛을 내려라.

II 11 거친 칸타브리아와

거친 칸타브리아와 스퀴티아가,
큉크티우스여, 아드리아해 건너
멀리 무얼 꾀하든 걱정도 묻지도
마라. 많은 게 필요치않은 세월을

사는 데 웬 소란인가? 곧 청춘의   5
아리따움은 멀리 달아나고, 노년의
백발앞에 가뿐한 단잠과 즐거운
사랑도 창백히 시들어버린다.

봄꽃의 영광이 영원할 수는 없고
붉은 달도 한결같이 얼굴을 밝힐 순   10
없다. 끝없는 분주함을 감당 못할
영혼을 어찌 지치게하는가?

여기 큰 플라타누스와 소나무 아래
한가히 몸을 누이고, 장미꽃 향수로
하얗게 내린 머리카락을 꾸미고,   15
남은 시간이나마 감송 향유로

씻고, 마시지 않겠는가? 박쿠스는
좀먹는 근심을 물리친다. 어느 아이가

서둘러 불타는 팔레르눔 포도주를
흘러가는 샘물로 *끄*겠느냐?   20

어느 아이가 길에 서지않는 창기
뤼데를 집에서 데려오겠느냐? 전해라.
상아뤼라를 들고 어서 오라고. 머리는
스파르타 여인처럼 대강 묶고서.

II 12 바라지 마시라

바라지 마시라. 사나운 누만티아의
오랜 전쟁, 거센 한니발, 포에니의 피로
붉게 물든 시킬리아 바다를 가녀린
키타라 선율로 노래하길,

지독한 과음으로 거친 라피타이족과   5
휠라이우스를, 헤라클레스에 제압된
대지의 자식들, 사투르누스의 빛나는
옛집을 위협하던 이들을

노래하길. 마에케나스여, 역사의
걸음으로 카이사르의 전쟁은, 개선의   10
행로를 따라 끌려가던 드높던 왕들의
목은 당신이 이야기하시라!

무사여신은 내가 달콤한 노래를, 밝게
빛나는 눈망울을, 서로의 사랑으로
믿음 깊은 가슴을 여주인 뤼킴니아에게   15
노래하길 원했다.

합창대와 함께 흉하지않게 춤을 추며
재치 있는 말을 겨루고, 어깨를 나란히하여

빛나는 처녀들과 디아나를 경배하여
축제의 날을 즐기는 그녀에게.   20

당신은 아카이메네스의 재산을,
기름진 프뤼기아 뮈그돈의 보화를,
풍성한 아라비아 왕실을 뤼킴니아의
머리카락과 바꾸려는가?

불타는 입술을 외면하여 가벼운   25
잔인함으로 고개를 돌려 거절하는,
때로 원하면서도 빼앗기길 즐기는 듯,
때로 빼앗으려 달려드는 그녀.

II 13 예전 저주받은 날에

예전 저주받은 날에 너를 심은 자가
누구든, 그는 일찍이 불경한 손으로,
나무여, 너를 키워 자손들의 파멸과
시골 마을의 수치가 되었다.

믿거니와, 그는 제 부모의 머리를   5
박살 냈으며, 집안 여기저기에
손님들이 저녁에 흘린 피를
뿌렸을 게다. 그는 콜키스 독약을,

누구나 불경하다고 여기는 것을
들여와 내 땅에 너를 심었나 보다.   10
너를, 몹쓸 나무여, 너를, 죄 없는
주인의 머리 위로 쓰러진 너를.

무얼 피해야 할지, 사람에게 매 순간
충분한 대비란 없다. 보스포로스를
염려한 포에니 선원도 저 너머 어딘가   15
검은 운명은 걱정하지 못했고,

우리 병사는 파르티아 활과 빠른
후퇴를, 파르티아는 이탈리아 정예군과

쇠사슬을 겁냈지만, 예측치못한
죽음의 힘에 제압되었고 제압될 게다.   20

검은 프로세르피나의 왕국을,
심판자 아이아쿠스를 볼 뻔했구나.
경건한 자들의 구별된 거처를
아이올리아 수금으로 노래하는,

고향처녀들을 노래하는 사포를,   25
황금뤼라보다 풍성한 소리로 험한
바다를, 망명과 전쟁의 고단함을
노래하는, 알카이오스여, 당신을.

둘은 경건한 침묵에 합당한 노래를
부르고 망자들은 경탄하지만, 거기서도   30
서로 어깨를 밀치며 귀로 마시는 건
전투와 쫓겨난 왕들의 이야기다.

딩연하지 않은가? 노래에 넋이 나가
머리 백 개 괴수도 검은 귀를 떨구고,
머리카락이 멋대로 헝클어진   35
자비 여신들의 뱀들도 조용한 것.

프로메테우스와 펠롭스의 아비는
달콤한 소리에 고통을 속이며,
오리온은 사자들을 내버려두고
겁 많은 살쾡이를 쫓지않는다.   40

II 14 포스투무스, 포스투무스

포스투무스, 포스투무스, 도망치듯
흘러 세월은 지나가며, 신께 빌어도
닥쳐올 주름과 노년, 막을 수 없는
죽음은 기다려주지 않는다.

친구여, 날이 가고 또 지나갈 때마다   5
삼백 황소를 눈물하나 흘리지않을
플루토에게 바쳐도 소용없다. 세 배
덩치의 게뤼온과 티튀오스를 통곡의

강물로 제압한 그에게. 언젠가 대지가
주는 선물로 연명하는 우리모두가   10
건너야 할 강. 왕좌를 누리던 자든
힘없는 농부로 살아가던 자든.

피로 물든 전쟁을 피한들 허사이며,
목이 쉰 하드리아의 부서지는 파도를
피한들, 몸을 위협하는 가을남풍을   15
조심한들 허시일 뿐이다.

천천히 흘러가고 굽이굽이 돌아가는
코퀴토스 검은 물을 볼 게다. 악명높은

다나오스의 딸들을, 길고 긴 노역을
선고받은 아이올로스의 시쉬포스를.   20

대지와 집과 고운 아내를 떠나야 한다.
당신이 심은 나무들 가운데 미움받던
편백을 제외한 어떤 것도 짧은 삶을
살다간 주인을 따르지 않을 게다.

당신의 잘난 상속인이 백 번을 봉인한   25
카이쿠붐을 비울 게고, 대사제의 저녁
만찬에나 어울릴법한 빛나는 최고의
술을 길바닥에 칠할 게다.

II 15 장차 제왕의 궁궐은

장차 제왕의 궁궐은 보습 대일 땅을
남겨두지 않고, 여기저기 루크리누스
호수보다 넓게 정원연못을 확장하며,
독신으로 살아가는 플라타누스는

느릅나무를 몰아낸다. 하여 제비꽃과   5
도금양과 온갖 향기로운 풀들이 가득,
옛 주인에게 풍요를 가져다주던
감람나무 숲에 무성하리라.

하여 무성한 가지로 빼곡한 월계수가
불볕을 막으리다. 이는 로물루스가,   10
장발의 카토가 가르친 바 아니며
선조들이 남긴 규범도 아니다.

선조들은 사재가 단출하고 나라살림이
큼직함을 옳다 여겼으며, 장척(丈尺)으로
사사로이 측량하여 마련한 회랑으로   15
북변 그늘을 갉아먹지 않았다.

그럭저럭 엮은 초가를 업신여기는
법률은 제정치 않았고, 공동 추렴으로

새롭게 신들을 모실 신전과 도시를
석조로 세우도록 명하였다. 20

II 16 신들께 평온을

신들께 평온을 에게해 넓은 바다에
발이 묶여 빌어본들, 검은 먹구름이
달을 가리고 뱃사람을 안내하던
별들도 빛을 잃었다.

평온을 지독한 트라키아 전쟁으로도,   5
평온을 장식된 메디아 활통으로도,
진주와 값진 염료와 보화로도 평온을
그로스푸스여, 살 수는 없는 일.

페르시아 왕실 보고(寶庫)도, 집정관의
수행원도, 황금천장 아래 이리저리   10
떠다니는 마음속 가련한 혼란과
근심을 결코 쫓지 못하기 때문이다.

가난으로 행복하나니, 작은 식탁 위에
조상이 물려준 소금통이 빛을 발하며,
지저분한 걱정과 욕심은 가뿐한   15
단잠을 빼앗지 않으리다.

짧은 삶을 사는 우리는 어찌하여 애써
많은 것을 추구할까? 어찌 낯선 태양이

끓는 땅을 찾아갈까? 고향을 떠난다고
자신마저 떠날 수 있을까?   20

악습에 찌든 근심은 청동무장의 함선에
동행하며, 기병무리를 떠나지 않으며,
사슴떼보다 빠르고, 구름을 몰고 오는
동풍보다 빠르다.

현재에 만족하는 영혼은 멀리 나중의   25
근심을 멀리하길. 태평한 웃음으로
쓰라림을 다스리길. 과연 모든 일에서
행복할 수는 없나니,

명예로운 아킬레스는 일찍 요절하였고
티토노스는 늙어가며 한없이 늙어갔다.   30
너에겐 안된다 했던 시간이 어쩌면
나에겐 허락되는지도.

네 주변에서 수백 가축들, 시킬리아의
암소들이 울고, 사륜마차를 끌기에 좋은
암말들이 소리 내어 울고, 너는 아프리카   35
소라고동 염료로 두 번

물들인 옷을 입는다. 내겐 조그만 시골,
희랍 무사여신에게 배운 가녀린 노래를
속임 없는 운명의 여신이 허락했다. 질투에
눈먼 무리와 멀찍이 떨어지길.   40

II 17 어찌 그런 탄식으로

어찌 그런 탄식으로 나를 놀라게 합니까?
신들도 나도 당신이 먼저 세상을 떠나길
원치않으니, 마에케나스, 나의
커다란 자랑이며 내 삶의 기둥이여!

내 영혼의 일부, 당신을 때 이른 필연이   5
채어간다면 나머지는 어찌하겠습니까?
예전처럼 사랑받으며, 온전히 살 수
있겠습니까? 그날은 우리 둘의

죽음이 될 겁니다. 거짓맹세로 다짐하는
것이 아닙니다. 가겠습니다. 갈 것입니다.   10
당신이 가는 곳이면 어디든, 마지막 길에
기꺼이 동반자가 되겠습니다.

불을 뿜어내는 키메라의 숨결도 나를,
백 개 팔을 가진 귀게스가 다시 솟아나도
절대 떼어놓지 못합니다. 그것이 강력한   15
정의와 숙명에 따른 일입니다.

천칭자리와 전갈자리가 나를 섬뜩하게
노려볼지라도, 내 탄생좌가 더욱 무섭게

노려볼지라도, 저녁땅의 바다를 제압한
폭군 염소자리가 그럴지라도,   20

우리 둘의 별자리는, 믿기지 않겠으나,
하나로 묶여있습니다. 당신을 유피테르의
빛나는 가호가 패륜의 사투르누스에게서
되찾아왔고, 운명의 재빠른

날개를 저지하였으며 운집한 관객들은   25
세 번의 환호성으로 극장을 채웠습니다.
쓰러지는 나무가 내 머리를 깨뜨릴
뻔했으나 파우누스가 타격을

막아주었습니다. 그는 메르쿠리우스의
추종자들을 보호하는 신. 희생제물과   30
소망의 신전을 바치는 걸 잊지마십시오.
나는 작은 암양을 올립니다.

II 18 상아와 황금으로

상아와 황금으로 빚어 만든
지붕이 내 집에 빛나지도 않으며,
휘마투스 석재로 올린 들보를
아프리카 끝자락에서 잘라온 기둥에

얹지도 않는다. 내가 잊혔던   5
상속인으로 아탈루스 궁전을 차지한 것도,
내 충실한 피호민의 부인까지
라코니아 다홍을 걸치는 것도 아니다.

하지만 내 신의와 영감의 혈맥은
풍요로워, 가난할망정 나를 부유한 자가   10
찾는다. 나는 이보다 넘치도록
신들에게 구하지 않으며, 부자친구에게

크게 한 몫 내라 하지않으며
사비눔 하나만으로도 충분히 행복하다.
하루가 다른 날에 밀리고   15
새로운 달들이 끊임없이 차고 이우는데,

당신은 대리석을 잘라오라,
죽을 날이 목전인데 사람을 불러대고

죽을 날이 닥친 줄도 모르고
집을 지어 파도 부서지는 바이아이에서   20

해안을 밀어내라,
바닷가에 집터가 모자란다 외쳐댄다.
이웃과 붙은 토지경계를
침범하여 땅을 넓히고 그래도 모자라

피호민들의 문턱까지   25
욕심부려 넘는 이유가 무언가? 대대로
모시던 신주를 가슴에 품고
못 입힌 자식들, 농부와 아내가 쫓겨간다.

그렇지만 무엇보다 확실하게
부자를 기다리는 건 강탈자 오르코스가   30
죽음으로 정해놓은 궁궐뿐.
계속 주인이길 바라는가? 공평히 가난한

자에게나 왕후자식들에게나
대지는 열려있으며, 오르코스의 시종은
황금을 받았다고 해서 꾀많은   35
프로메테우스를 내주진않았다. 그는

오만한 탄탈로스와 탄탈로스의
집안을 붙잡아두었으며, 고통을 덜려는
가난한 자의 소망 또한
부를 때나 부르지않아도 듣고있다.　　　　　40

II 19 나는 멀리 깊은 산에서

나는 멀리 깊은 산에서 박쿠스가 노래를
가르치는 걸 보았다. 믿어라, 후손들아.
여인들과 귀를 곤추세운 염소발의
사튀로스들이 배우고있는 걸 보았다.

만세. 두려운 마음은 지금도 흔들리고   5
박쿠스로 벅찬 가슴은 혼란가운데
행복하다. 만세. 살피소서, 해방의 신,
살피소서, 커단 지팡이로 두려운 이여.

마땅히 저는 멈추지않는 여인들을,
포도주 연못과 젖이 흘러넘치는   10
강을 노래하고, 속이 텅 빈 나무에서
솟는 꿀을 새롭게 노래해야합니다.

마땅히 저는 당신의 행복한 부인되신
별에게 영광을 돌리고, 펜테우스 집안이
호된 파멸로 부서진 것을, 트라키아   15
뤼쿠르구스의 파멸을 노래해야합니다.

당신은 강들을, 야만의 바다를 정복했고,
당신은 멀리 떨어진 산속, 술에 취해

뱀으로 띠를 엮어서 상처 입히지 않고
비스토네스 여인들의 머리를 묶었습니다.   20

당신은 아버지의 나라가 높은 줄 모르고
거인족의 불경한 무리가 쳐들어올 때,
로에투스를 사자의 발톱과 무시무시한
이빨로 물어 비틀어 버렸습니다.

당신은 비록 합창대에, 즐거운 노래에   25
축제에나 잘 어울린다, 싸움에는 잘
안 어울린단 소리를 듣지만, 한결같이
평화시나 전쟁중에도 위대합니다.

케르베루스는 당신에게 덤비지않았고
황금뿔이 솟아난 당신을 보고 꼬리를   30
가볍게 살랑거리며, 되돌아가는 당신의
발, 다리를 세 혓바닥으로 핥았습니다.

II 20 평범하지도 유약하지도않은

평범하지도 유약하지도않은 날개로
변신하여 눈부신 창공을 나는 나는
시인이로다. 나는 지상에 오랫동안
머물지 않을 거며, 질투를 이기고

수도를 넘어설 거다. 빈한한 양친의   5
피를 물려받았으나 당신이 찾는 나는,
사랑하는 마에케나스여, 죽지않으며
스튁스 강물에 갇히지 않으리다.

벌써, 벌써 내 다리에 거칠고 주름진
살갗이 자리잡았고, 위는 흰빛의   10
새로 바뀌고있고, 손가락과 어깨엔
온통 가벼운 깃털이 자라난다.

다이달로스의 이카로스보다 유명해져
신음하는 보스포로스 해안을 보겠고
노래의 새가 되어 가이툴리아 쉬르티스,   15
북풍이 사는 곳 니미 들판을 보겠다.

나를 콜키스족이, 로마군 앞에 두려움을
감추는 다키아족이, 세상끝에 사는

겔로니족이 알겠다. 학식 높은 히베리아,
로다노스를 마시는 족속이 날 배우겠다.   20

망자 없는 장례식, 진혼곡, 듣기 흉한
통곡도, 한탄과 장송곡도 거두어라.
탄식의 목소리를 낮추라. 내 무덤 앞에
묘비도 공연한 일. 아서라, 말아라.

주(註)

I 1 마에케나스! 왕가의 자손이여!

1행 마에케나스 : 가이우스 클리니우스 마에케나스(기원전 70~8년)는 모계
　　혈통으로 에트루리아 왕족의 후예였으며, 아우구스투스 황제의 주요 협력자이자
　　예술가들의 후원자였다. 그는 많은 시인을 도왔는데, 예를 들어 호라티우스에게
　　사비눔 영지를 선사하였으며, 베르길리우스에게 몰수된 유산을 보상해 주었다.

9행 리뷔아 : 북아프리카를 가리킨다. 로마가 식량을 조달하던 주요 공급원이었다.

12행 아탈루스 보화 : 아탈루스는 소아시아 페르가몬을 다스리던 왕들의
　　이름으로, 엄청난 부를 소유한 것으로 유명하다.

13행 뮈르토움 바다 : 펠로폰네소스 반도와 퀴클라데스 제도 사이의 바다를
　　가리킨다. 거친 파도 때문에 위험한 항로에 속한다.

14행 퀴프로스의 배 : 퀴프로스섬은 배를 만들기에 좋은 목재가 풍부했다.

15행 이카로스 바다 : 사모스섬과 뮈코노스섬 사이의 에게 해를 가리킨다.
　　폭풍으로 유명하며, 추락한 이카로스의 이름을 따서 이카로스 바다로 불린다.

19행 마시쿠스 술 : 캄파니아 북부 지방의 마시쿠스산에서 나는 유명한 이탈리아
　　포도주다.

27행 마르수스 멧돼지 : 마르수스는 마르시족이 사는 이탈리아 중부 산악지역을
　　가리킨다.

32행 에우테르페 : 9명의 무사여신들 가운데 한 명이다. 피리를 손에 들고 있는
　　모습으로 그려진다.

33행 폴뤼힘니아 : 무사여신들 가운데 한 명으로 신들의 찬가를 담당한다.

35행 뤼라의 시인 : 헬레니즘 시대에 확정된 아홉 명의 희랍 서정시인들을
　　가리킨다.

36행 정수리가 하늘의 별에 닿으리다 : 헤로도토스의 『역사』 3권 65에도 등장하는
　　비유로, '높음'과 '큼'을 표현한다. 여기서 기쁨과 긍지 등이 크게 고조됨을
　　뜻한다.

I 2 이제 충분치 않은가?

3행 신들의 언덕을 : 카피톨리움 언덕에는 유피테르, 유노, 미네르바의 신전이
　　있다.

5행 퓌라 : 데우칼리온과 퓌라는 홍수로 인류가 모두 멸망했을 때 유일하게
　　살아남은 남녀다.

7행 프로테우스: 호메로스의 『오뒷세이아』 4권에 언급된 바다의 신이다.

11행 머리를 물 밖에 겨우 내밀어: 원문 'superiecto'는 일차적으로 물이 대지에 차오른 형국을 묘사한다. 또 땅이 모두 물에 잠긴 상황에서 사슴들이 고개만을 겨우 물 밖에 내놓고 위태롭게 헤엄치는 모습이 '겁먹은 사슴들'을 보충 설명하고 있다.

14행 에트루리아 강둑: 티베리스강은 튀레눔 해로 빠져나간다. 에트루리아 강둑은 티베리스의 우안을 가리킨다. 급류가 우안에 부딪히며 치솟아 올라 좌안의 로마광장을 덮치는 장면을 묘사한다.

15행 왕들이 세운 기념비: 누마 왕 시절에 만들어진, 로마광장의 남동쪽 끝에 위치한 대제관들의 회의장소 레기아(Regia)를 가리킨다. 레기아 근처에 베스타 신전이 놓여 있다.

17행 티베리스: 티베리스는 하신(河神)의 이름이기도 하다. 로물루스와 레무스를 낳은 레아 실비아 혹은 일리아는 베스타 여사제임에도 아이를 낳은 죄 때문에 강에 던져졌다. 일리아는 하신 티베리스의 아내가 되었다.

24행 몇 안 되는 후손: 전쟁으로 사람들이 많이 죽었고, 그래서 자연스럽게 인구도 줄었다.

33행 에뤼키나: 시킬리아섬의 에뤽스 산정에는 베누스에게 바쳐진 신전이 있다.

34행 요쿠스: 농담, 장난과 희롱 등을 신격화했다.

36행 시조신: 전쟁신 마르스는 로마를 건국한 로물루스와 레무스의 아버지다. '마르보스'는 마르스의 또 다른 이름이다.

42행 마이아: 아틀라스의 딸이자 메르쿠리우스의 어머니다.

44행 복수자: 옥타비아누스는 카이사르를 암살한 브루투스 일당을 필리피 전투에서 물리친 이래, 암살에 가담한 모든 이들을 죽임으로써 카이사르의 복수를 마친다. 필리피 전투의 승전기념으로 '복수의 마르스' 신전을 건립한다.

51행 국부와 원수 호칭: '원수' 칭호는 기원전 28년 옥타비아누스에게 공식적으로 부여되었다. '국부' 칭호가 공식적으로 부여된 것은 기원전 2년이다.

52행 메디아: 로마의 숙적 가운데 하나다.

I 3 그렇게 너를 퀴프로스의

1행 퀴프로스의 주인: 베누스 여신은 바다에서 태어났으며 항해자들을 보호하는 신으로 받들어지며, 퀴프로스섬은 베누스 여신의 탄생과 연관된 섬이다.

2행 헬레나의 형제들: 카스토르와 폴뤽스는 위기에 빠진 항해자들의 구원자로 모셔진다.

4행 이아퓍스: 이탈리아 반도 남쪽 끝에서 희랍 쪽으로 부는 서풍 바람.

13행 휘아데스 : 아틀라스와 아이트라가 낳은 아들 휘아스와 그 일곱 딸
휘아데스는 하늘의 별자리로 폭풍의 계절이 다가왔음을 알려 준다.
20행 아크로케라우니아 : 해안 절벽으로 배들이 종종 근처 바위에 부딪혀
난파했기 때문에 악명을 얻었다.
27행 이아페투스의 아들 : 티탄족의 한 명인 이아페투스는 프로메테우스의
아버지다. 프로메테우스는 불씨를 훔쳐 인간에게 전해 주었다.
34행 다이달로스 : 크레타의 왕 미노스를 위해 미로를 건설한 아테네 출신의
장인으로, 나중에 미노스가 그를 미로에 가두자 날개를 만들어 미로를
탈출했다고 한다.
36행 헤라클레스의 과업 : 헤라클레스가 수행한 열두 개의 과업 중 하나는
저승에서 저승의 문지기 케르베로스를 이승으로 데려오는 일이었다.

I 4 매서운 겨울날이 풀려

2행 배를 끌어내린다 : 항해를 하지 않는 겨울철에는 배를 육지에 끌어올려
정박시켜 둔다. 항해하기에 좋은 봄철이 다가오면 사람들은 기중기로 배를
바다에 끌어내려 항해를 준비한다.
5행 퀴테라 베누스 : 퀴테라는 베누스가 탄생한 곳에서 멀지 않은 섬이다.
7행 퀴클롭스 : 퀴클롭스족은 불카누스의 시종으로 알려졌다. 이들은 유피테르의
번개를 만들어 낸다. 봄날이 다가오고 천둥 번개가 잦아지면서 퀴클롭스족의
일도 바빠진다.
11행 파우누스 : 목자와 농부를 지키는 숲의 신이다.
14행 세스티우스 : 57년 호민관 푸블리우스 세스티우스의 아들 루키우스
세스티우스로 추정된다. 그는 한때 브루투스에게 가담하기도 했으며, 이후
아우구스투스에게 사면을 받아 기원전 23년에는 집정관을 지냈다.
17행 플루토 : 하데스와 동일시되는 하계의 신이다.
18행 술자리의 제왕 : 『서정시』 I 9, 7행 "주연의 왕"을 보라.
19행 어린 뤼키다스 : 뤼키다스는 앳된 미소년에서 청년으로 성장하는 중이다.
아직은 남성 동성애의 대상이지만 이제 곧 여성들의 사랑을 받게 될 것이다.

I 5 어떤 애송이가

3행 퓌르라 : 희랍어로 불을 나타내는 단어와 연관된 여자 이름이다. "달콤한
동굴"은 청년이 여인의 품에 안겨 있는 모습을 나타낸다.
7행 거친 바다 검은 바람 : 사랑의 실연을 난파에 비유한다. 이하 15행에서 다시 한
번 난파와 실연이 연결된다.

14행 바다의 강력한 신 : 전승 사본의 'deo'는 남성 신 넵투누스로 이해된다.
하지만 넵투누스는 사랑과 무관한 신이므로 사랑을 주관하고 바다와 연결된
베누스를 가리킨다. 'deae'로 수정하려는 시도가 있으나 남성명사로 여성 신도
나타낼 수 있다.

I 6 용감하게 적을

2행 마이오니아 시가 : 서사시 문학류에 조예가 깊은 사람을 가리킨다.
마이오니아는 호메로스의 출생지로 알려져 있다.

2행 바리우스 : 서사시인 바리우스 루푸스를 가리킨다. 바리우스는
베르길리우스와 호라티우스의 친구였으며 베르길리우스 사망 후
아우구스투스의 명을 받아 『아이네이스』의 출간을 맡았다.

5행 아그리파 : 마르쿠스 빕사니우스 아그리파는 아우구스투스의 오른팔이었다.
호라티우스는 아그리파를 칭송하는 시를 의뢰받았으나 이를 완곡하게 거절한다.
그는 자신이 아그리파의 전공(戰功)을 노래하기에 알맞은 서사시 문학류를 지을
자질을 갖추지 못했다고 말한다.

7행 두 마음을 가진 : 오뒷세우스는 꾀가 많고 영리하며 거짓말에 능통한 것으로
알려졌다. '두 마음을 가진'은 오뒷세우스의 거짓말과 연관된다.

9행 펠롭스 집안 : 펠롭스의 아들들은 아트레우스와 튀에스테스이고, 손자들은
트로이아 원정군을 이끈 아가멤논과 메넬라오스, 손자들은 오레스테스와
엘렉트라 등이다.

13행 로마 철갑을 입고 : 호라티우스는 아그리파를 염두에 두고 있는 듯하다. 그의
업적은 감히 칭송할 수 없을 정도로 대단한 것이다.

15행 메리오네스 : 메리오네스는 호메로스 서사시에 등장하는 인물로, 크레타의
영웅 이도메네우스를 따라 트로이아 전쟁에 참전했다.

16행 신과 겨룬 디오메데스 : 호메로스 『일리아스』 5권에서 팔라스 아테네는
튀데우스의 아들 디오메데스에게 용기를 심어 주었으며, 그는 아킬레우스가
없는 전장에서 뛰어난 용맹을 뽐낸다. 이때 그는 전쟁의 신 아레스와 사랑의 신
아프로디테에게 상처를 입힌다.

19행 불탈 때나 아닐 때나 : 시인 본인이 사랑의 열정에 시달릴 경우에 사랑을
노래한 시가 있는가 하면(예를 들어 I 13), 그렇지 않고 그저 관찰자로 사랑을
노래한 시도 있다(예를 들어 I 5).

I 7 사람들은 빛나는 로도스

1~4행 로도스, 뮈틸레네, 에페소스, 코린토스, 테살리아 템페 : 로도스섬은

좋은 기후로 유명한 곳이다. 뮈틸레네는 레스보스섬의 수도로서 시인 사포와 알카이오스가 활동하던 곳이다. 에페소스는 아르테미스 여신상으로 유명한 아시아의 도시다. 희랍 테살리아 북부에 위치한 템페 계곡은 아름다운 명승지 가운데 하나다.

7행 하여 : 전승 사본은 '사방에서(undique)'이고 이 경우 아테네의 감람나무들이 '여러 지방에서' 가져다 심었다는 의미로 해석된다. 수정은 '그런 일'을 통해 승리의 상으로 감람나무 가지로 엮은 관을 쓴다는 뜻을 강조한다.

8행 유노 여신의 명예 : 유노 여신이 가장 사랑하는 세 도시는 아르고스와 스파르타와 뮈케네였다. 『일리아스』 4권 51행 이하 "정말이지 내가 가장 사랑하는 세 도시는 아르고스와 스파르타와 길이 넓은 뮈케네예요." 호라티우스는 스파르타를 라케다이몬으로 바꾸었다.

9행 풍요의 : 호메로스에서 '황금이 많은'은 뮈케네의 전통적인 별칭이다.

11행 라리사 : 테살리아의 유명한 도시다.

12행 알부네아 : 티부르의 유명한 샘물 근처에 사는 요정으로 강가의 동굴에 거처하며 예언을 한다고 전한다.

13행 곤두박질치는 안니오 : 티베리스강의 지류이고, 티부르 근처에서 급류가 많아지고 여러 군데 폭포를 형성한다. 티부르는 로마 동북쪽에 위치한 전원 지역으로 호라티우스 당대에 별장 지대로 유명했다. 그곳에서 멀지 않은 곳에 호라티우스의 사비눔 영지가 있다.

19행 플랑쿠스 : 루키우스 무타티우스 플랑쿠스는 기원전 42년 집정관을 역임했고 기원전 22년에 호구 감찰관을 지냈다. 키케로와도 편지를 주고받던 유명한 정치가였으며 이후 입장을 바꿔 아우구스투스를 지지했다. 기원전 27년 옥타비아누스에게 '아우구스투스'라는 칭호를 부여하자고 원로원에 제안한 인물이다.

21행 테우케르 : 텔라몬의 아들 테우케르는 트로이아 전쟁 이후 고향 살라미스로 돌아왔으나, 그의 아버지 텔라몬은 테우케르에게 형 아이아스의 복수를 하지 못했다는 이유로 귀향을 허락하지 않았다.

23행 포풀루스 화관 : 포풀루스는 헤라클레스에게 바쳐진 나무다. 온갖 노고를 겪은 헤라클레스의 나무가 테우케르의 현재 처지를 잘 드러낸다.

29행 새로운 살라미스 : 데우케르는 퀴프로스섬의 동쪽 해안에 새로운 살라미스를 건설한다. 원문 'ambiguam'은 '모호한' 내지 '확실하지 않은'의 의미가 있으며, 여기서는 원래의 살라미스와 '혼동될 만한'으로 해석해야 한다.

I 8 뤼디아여, 말하라!

1행 뤼디아 : 소아시아의 지명에서 나온 여자 이름으로 흔히 기녀에게 붙이는
이름이다. 『서정시』 I 13, I 25, III 9, IV 19를 보라.

2행 쉬바리스 : 쉬바리스는 남자 이름으로 쓰였다. 쉬바리스는 또한 타렌툼만에
위치한 유명한 희랍 식민 도시의 이름으로 사치스러운 생활의 대명사였다.
뤼디아에 대한 사랑놀음 때문에 청년 쉬바리스는 용맹하고 강건한 전사의
모습을 잃었다. 체조, 말타기, 헤엄치기, 씨름, 전투 훈련, 창던지기나 원반던지기
등 남자라면 익혀야 할 모든 군사훈련에 그는 이제 관심을 두지 않는다.

6행 늑대 재갈 : 여느 재갈과 달리 말을 길들이기 위해 말의 주둥이에 고통을
가하도록 고안된 재갈로, 늑대 이빨처럼 날카로운 톱니 모양으로 만들어졌다.

7행 갈리아 말 : 갈리아에서 수입된 말이 최고의 말로 평가받았다.

9행 감람유를 : 흔히 씨름 훈련을 할 때 피부를 보호하기 위해 감람유를 바르곤
했다.

14행 테티스의 아들 : 테티스는 아킬레우스가 트로이아 전쟁에 참전하면
살아 돌아오지 못한다는 예언을 듣고, 그가 참전하지 못하도록 여장을 시켜
뤼코메데스 왕에게 맡겼다. 아킬레우스는 그곳에서 공주 데이다미아와 사랑에
빠진다.

16행 뤼키아 : 트로이아의 옛 이름.

I 9 보았는가? 얼마나 눈이

2행 소락테 : 소락테산은 로마로부터 북쪽으로 약 45킬로미터 떨어진 곳에 있는
해발 691미터 정도의 산이다. 넓은 벌판 한가운데 우뚝 솟아오른 산으로 멀리
로마에서도 볼 수 있을 정도다.

7행 주연의 왕 : 『서정시』 I 4, 18행 "술자리의 제왕"에서도 보았다. 잔치를
주관하는 자를 두는 것이 보통의 관례이며, '탈리아르쿠스(Thaliarchus)'는
희랍어로 이런 역할을 맡은 사람을 지칭하는 말이다.

10행 성난 바다에 맞붙은 폭풍 : 『서정시』 I 3, 13행을 보라.

18행 백사장으로 : 티베리스 강변에 위치한 마르스 연병장을 가리킨다. 사실 저녁
무렵 강변에서 연인들이 사랑을 즐기는 모습은 겨울이 아닌 따뜻한 날씨, 특히
여름철에 볼 수 있는 모습이다.

23행 완강하게 버티던 : 원문 'male'는 부정의 의미도 있으므로 '버티지 않는'
혹은 '버티는 척만 하는'으로 해석할 수도 있다.

24행 약속의 담보 : 소녀가 약속 장소에 다시 나오게 할 목적으로 소녀에게 빼앗아
둔 장식품 등을 의미한다.

I 10 말에 능한 메르쿠리우스

1행 아틀라스의 손자 : 메르쿠리우스의 어머니 마이아는 아틀라스의 딸이다.

2행 이제 갓 빚어진 야만의 인간종족에게 : 호라티우스 『시학』 391행 이하를 보라.

6행 굽다란 뤼라 : 호메로스의 『헤르메스 찬가』에 따르면 메르쿠리우스는 거북의
   등껍질을 이용하여 뤼라를 만들어 나중에 아폴로에게 선물한다.

9행 속여 훔쳐간 : 메르쿠리우스는 아폴로의 소들을 훔치면서 소들이 뒷걸음질
   치게 끌고 갔고, 소들의 발자국을 본 아폴로는 엉뚱한 방향으로 소들을 찾아
   나섰다.

10행 갓 태어난 당신을 : 『헤르메스 찬가』에 따르면 메르쿠리우스는 태어난 바로
   그날 아폴로의 소를 훔쳤다고 한다.

13행 일리온을 떠나온 부유한 : 『일리아스』 24권에 따르면 프리아모스는 아들
   헥토르의 시신을 찾아오기 위해 헤르메스의 안내를 받아 아킬레우스를
   찾아갔다. 그때 프리아모스는 수많은 금은보화를 아킬레우스에게 몸값으로
   지불했다.

14행 아트레우스의 오만한 아들들 : 아가멤논과 메넬라오스는 트로이아 전쟁에
   참전한 영웅들을 이끌었다. 특히 아가멤논의 오만함은 아킬레우스와의
   다툼에서, 혹은 딸을 찾으러 온 아폴로의 사제를 내쫓은 일에서 확인된다.

17행 복된 안식처 : 예를 들어 『오뒷세이아』 4권 563행 이하에 언급된 엘뤼시온
   들판을 가리킨다.

I 11 묻지 마라, 아는 것이

2행 레우코노에 : 여성 이름으로, 희랍 신화에 따르면 레우코노에는 샛별의 딸로서
   아폴로와 결혼하여 필라몬을 낳았다.

2행 바뷜론의 점성술 : 바뷜론은 점성술로 유명한 고장이었으며, 호라티우스
   이전부터 바뷜론 점성술은 로마에 널리 성행했다.

4행 겨울을 몇 번 더 : 앞서 I 9에서처럼 여기서도 시간적 배경은 겨울이다.

5행 튀레눔 바다 : 이탈리아 반도의 서해안을 가리킨다.

6행 술을 내려라 : 항아리에 담가 두었던 포도주를 천으로 걸러 찌꺼기를
   제거하고 맑고 시원한 샘물에 섞어 마시는 것이 관례였다.

I 12 어떤 사내를 혹은

2행 클리오 : 무사여신들 가운데 한 명으로 역사를 담당하는 여신이다.

5행 헬리콘산 : 헤시오도스의 『신들의 계보』 22행 이하에서 무사여신들이 자주
   찾는 산으로 언급된다.

6행 핀두스산, 찬바람의 하이무스산 : 두 산 모두 무사여신들이 자주 찾는
산들이며, 핀두스산은 희랍의 테살리아 지방에 위치한다. 하이무스산은
트라키아에 위치하는 산으로 오르페우스와 연관된다.

9행 모친에게 배운 노래 : 무사여신들 가운데 한 명인 칼리오페가 오르페우스를
낳았다고 한다.

22행 해방의 신 : 디오뉘소스 신.

23행 처녀신 : 아르테미스 여신.

25행 알케우스의 손자, 레다의 자식들 : 전자는 헤라클레스, 후자는 카스토르와
폴뤽스를 가리킨다. 쌍둥이 카스토르와 폴뤽스는 위급한 상황에 부닥친
사람들을 돕는다고 알려졌으며, 특히 폭풍을 만난 배를 구한다고 한다.

33행 다음으로 : 44행까지 로마의 왕들과 영웅들을 노래한다. 건국 시조 로물루스,
2대 로마 왕 누마 폼필리우스, 오만 왕 타르퀴니우스, 공화파의 몰락에 절망하여
우티카에서 자살한 카토, 카르타고에서 죽은 레굴루스, 마르쿠스 아이밀리우스
스카우루스, 칸나이 전투에서 전사한 파울루스, 퓌로스 왕과의 전쟁에서 싸운
파브리키우스, 파브리키우스와 함께 퓌로스 전쟁에서 싸운 마니우스 쿠리우스
덴타투스, 켈트족이 로마를 쳐들어왔을 때 용감하게 싸운 카밀루스 등을
노래한다.

38행 페니키아인 : 한니발을 가리킨다.

45행 마르켈루스 : 아우구스투스의 누나 옥타비아의 아들로, 아우구스투스에게
양자로 입양되었다. 기원전 23년 이탈리아의 캄파니아 지방 바이아이에서
사망했다.

50행 위대한 카이사르 : 카이사르 아우구스투스.

55행 세레스인들 : 기원 1세기경 파르티아의 동쪽에 사는 사람들을 가리키며, 때로
중국 사람들을 의미하기도 한다. 하지만 중국까지 아우구스투스가 평정했다는
것은 지나친 과장이다.

I 13 뤼디아야, 네가

1행 뤼디아 : 소아시아의 지명에서 나온 여자 이름으로 흔히 기녀에게 붙여지는
이름이다. 『서정시』 I 8, I 25, III 9, IV 19를 보라.

4행 간장은 끓어 담즙이 부풀어 오른다 : 고대의 사람들은 간장이 담즙이
분비되는 장기라고 여겼으며, 담즙은 분노와 광기를 유발한다고 생각했다.

17행 세 번 아니 그 이상 : 흔히 '많음' 내지 '충분함'을 강조할 때 쓰는 말로 '세 번
혹은 네 번'이 있는데, '세 번 아니 그 이상'은 변형이다.

I 14 배야, 파도가 다시

1행 배 : '배'는 초기 희랍 서정시에서 국가를 나타내는 은유로 자리 잡았다. 고대
　　주석가들은 여기서 '배'는 국가, '폭풍'은 내전, '항구'는 평화라고 설명했다. 또
　　사랑과 사랑의 시련으로 해석하는 현대 주석가들도 있고 이 경우 '배'는 여성을
　　의미한다. 또 에피쿠로스적 삶을 나타낸다는 해석도 있다.

11행 흑해에서 태어나 자란 소나무 : 흑해 지역은 선박을 만드는 데 쓰이는 소나무
　　목재가 많이 생산되던 곳으로 유명하다.

14행 배가 예쁘다고 : 고대에는 목선의 선체에 그림을 그려 화려하게 장식했다.

19행 퀴클라데스 제도 : 파로스섬과 낙소스섬 등을 포함하여 희랍 본토에서
　　크레타섬에 이르는 바닷길에 놓은 수많은 섬을 가리킨다. 폭풍이 몰아치는 험한
　　뱃길을 나타낸다.

I 15 배은망덕한 목동이

1행 배은망덕한 목동 : 헬레네를 납치한 파리스를 가리킨다. 이다산의 목동이던
　　파리스는 세 여신 중 누가 가장 아름다운지를 판결한다.

5행 네레우스 : 바다신으로 테티스의 아버지다. 따라서 아킬레우스의
　　할아버지이기도 하다. 헤시오도스, 『신들의 계보』 233행 이하 "폰토스는
　　거짓을 모르는 진실한 네레우스를 자식들 가운데 맏이로 낳았다. 그러나 그를
　　노인이라고 부르는 것은 그가 악의가 없고 상냥하고 법도를 소홀히 하지 않고
　　마음씨가 올곧고 상냥하기 때문이다."

10행 다르다노스 : 트로이아를 건설했다는 전설의 왕이다. 트로이아 사람들을
　　흔히 다르다노스 종족이라고 부른다.

11행 팔라스 : 팔라스는 아테네 여신의 별칭이다.

17행 크노소스 갈대 : 크레타섬의 도시 크노소스에서 온 병사들은 활을 잘 쏘는
　　궁사로 유명하다. 크레타의 전사를 이끌고 트로이아 전쟁에 참가한 사람은
　　이도메네우스다.

18행 발 빠른 아약스 : 아약스는 트로이아 전쟁에 참가한 희랍 영웅의 이름으로,
　　텔라몬의 아들 아약스와 오일레우스의 아들 아약스가 있다. 여기서 발이 빠른
　　아약스는 오일레우스의 아들로서 작은 아약스라고도 불린다.

19행 간부(姦夫)의 머리에 재를 뿌려도 : 많은 사람들이 조국을 위해 싸우다
　　전사했고 그들의 장례식을 치르는 상황을 묘사한 것이다. 장례식에 참가한
　　사람은 슬픔의 표현으로 머리에 흙먼지를 뒤집어썼다.

21행 라에르테스의 아들 : 오뒷세우스를 가리킨다.

23행 살라미스의 테우케르 : 텔라몬의 아들이며 아약스의 이복형제다.

24행 스테넬로스 : 희랍 영웅 디오메데스와 함께 트로이아 전쟁에 참가한
사람으로 디오메데스의 마부였다.

26행 메리오네스 : 크레타의 영웅 이도메네우스를 따라 트로이아 전쟁에 참가한
희랍의 전사다.

28행 튀데우스의 아들 : 희랍 영웅 디오메데스를 가리킨다.

33행 아킬레우스의 분노한 함대 : 아킬레우스는 아가멤논 때문에 분노하여 전투에
참여하길 거부한다. 그것이 트로이아의 패망을 조금이나마 늦출 것이라는
내용의 예언이다.

34행 프뤼기아 : 트로이아는 프뤼기아 지방의 서쪽 지역에 위치한다.

35행 아카이아 : 아카이아는 호메로스가 희랍 사람들을 가리킬 때 쓰는 말이다.

I 16 아름다운 모친보다

1행 아름다운 모친보다 아름다운 따님 : 아름다운 레다는 아름다움으로 유명한
헬레네를 낳았다.

2행 얌보스 : 얌보스(Iambos)는 운율의 이름이며, 희랍 서정시인 아르킬로코스의
비방시가 얌보스 운율을 가지고 있었기 때문에 흔히 비방시의 대명사로 쓰인다.
호라티우스는 '에포도스'라는 제목이 붙은 책에서 얌보스 운율로 조롱과 풍자의
내용을 다루었다.

5행 딘뒤메 : 프뤼기아의 산 딘뒤몬에서 퀴벨레 여신을 모시는 여사제다.

7행 리베르 : 포도주의 디오뉘소스를 가리킨다. '해방의 신'이란 뜻이다.

8행 코뤼바스 : 퀴벨레 여신을 모시는 사제다. 음악에 맞추어 광란의 춤을
추었다고 한다.

9행 노리쿰 칼 : 노레이아에서 나오는 철로 만든 칼을 가리킨다. 노레이아의 철은
단단한 것으로 유명하다.

17행 튀에스테스 : 아트레우스의 동생이다. 아트레우스는 자신의 부인과 간통한
동생 튀에스테스에게 복수하기 위해 동생의 아들을 죽여 동생에게 그 고기를
먹였다.

28행 고쳐 노래하는 내게 : 시인은 여인을 화나게 하는 시를 지었다가 뒤늦게
분노한 여인을 달래기 위해 사죄의 시를 바치고 있다.

I 17 날랜 걸음의 파우누스가

1행 파우누스 : 목동신 판(Pan)의 다른 이름이다. 뤼카이우스는 아르카디아
지방의 산으로 목동신이 흔히 기거하는 곳이다. 루크레틸리스는 호라티우스가
기거하는 사비눔을 가리킨다.

10행 튄다리스 : 여자 이름으로 헬레네의 아버지 튄다레우스를 떠오르게 하는
이름이다.

11행 우스티카 : 호라티우스가 기거하는 사비눔 근처에 위치한 산이다.

16행 뿔 : 풍요의 뿔(Cornucopia)은 풍요의 상징으로, 어린 제우스를 키운
크레타의 공주 아말테아 신화에서는 제우스에게 젖을 제공한 염소를 가리킨다.

17행 천랑성 : 7월 26일경 뜨는 별자리로 무더위를 예고한다.

18행 테오스의 현악기 : 테오스는 이오니아의 도시로 시인 아나크레온의 출생지로
유명하다. 테오스의 현악기는 아나크레온풍의 사랑 노래를 가리킨다.

21행 튀오네우스 : 튀오네의 아들이란 뜻으로 디오뉘소스를 낳은 여인 세멜레의
또 다른 이름이 튀오네다.

I 18 바루스여, 신성한

1행 바루스 : 푸블리우스 알페누스 바루스를 가리킨다는 주장도 있으나,
베르길리우스와도 친구였던 퀸틸리우스 바루스를 가리키는 설이 유력하다.
그는 티부르 근처에 별장을 갖고 있었다. 호라티우스는 그를 여러 번 언급한다.
『서정시』 I 24와 『시학』 438~444행을 보라.

2행 티부르 : 로마에서 북동쪽으로 30킬로미터 정도 떨어진 곳으로 호라티우스의
시골집 사비눔에서 멀리 떨어지지 않은 곳이다. 도시 티부르를 처음 세운 인물은
카틸루스라고 한다.

7행 리베르 : 디오뉘소스의 다른 이름이다. 9행 에우히우스, 11행 바사레우스도
마찬가지다.

8행 라피타이 : 희랍 북부 산악지대, 테살리아에 사는 호전적 민족이다.

9행 시톤 : 디오뉘소스의 다른 이름이며 시톤은 트라키아 부족의 이름이다.

13행 베레퀸투스 : 프뤼기아의 산으로, 퀴벨레를 모시는 광란 의식으로 유명한
곳이다. 이는 박쿠스 축제와도 연결된다.

I 19 쿠피도의 잔인한

1행 쿠피도의 잔인한 모친 : 9행에서 확인되는 것처럼 베누스 여신을 가리킨다.

2행 테베 세멜레의 아드님 : 디오뉘소스는 세멜레와 제우스 사이에서 태어난
신이다. 세멜레는 테베의 왕 카드모스의 딸이다.

6행 파로스 대리석 : 파로스섬은 순백의 질 좋은 대리석이 생산되는 곳으로
고대로부터 유명했다.

11행 말을 뒤로 타는 용감한 파르티아 : 파르티아 기병들은 도망치면서도
돌아앉아서 추격하는 적에게 활을 쏘아대는 것으로 유명하다.

I 20 누추한 사비눔

2행 극장을 찾은 그대가 : 기원전 30년 오랫동안 병석에 누워 있던 마에케나스가
폼페이우스 극장에 등장하자 사람들이 환호로 그를 맞아주었다. 『서정시』 II 17,
22행 이하를 보라.

5행 소중한 : 전승 사본들에는 '소중한(care)'이 나타나며, '유명한(clare)'이란
판본도 있다.

5행 기사 : 마에케나스는 원로원 의원 신분을 취하지 않고 기사 신분을 유지했다.
정치적 활동과는 거리를 두고 있었다.

5행 그대 고향을 : 티베리스강은 전승에 따르면 에트루리아에 귀속된 강이다.
마에케나스는 에트루리아 왕족의 혈통을 이어받았다.

6행 바티카누스산 : 마르스 연병장 맞은편, 티베리스강 서쪽에 위치한 야니쿨룸
언덕과 이어진 구릉 지대로 오늘날의 바티칸이 위치한 곳이다. 대도시 로마에서
마에케나스가 누리는 명예가 메아리가 되어 로마에서 멀리 한적한 시골에서
가난한 삶을 사는 시인에게 들려온다.

9행 이하 : 카이쿰 포도주는 남부 라티움에서 나는 포도주 가운데 최상품에
속한다. 칼레스 포도주는 캄파니아에서 나는 우수 등급의 포도주다. 팔레르눔
포도주는 캄파니아에서 나는 포도주로 칼레스 포도주보다 상위 등급에 속한다.
포르미아 포도주는 남부 라티움에서 나는 포도주로 우수 등급에 속한다.

I 21 어린 소녀들아

2행 장발의 퀸투스 : 퀸투스는 아폴로와 디아나가 태어난 델로스섬에 위치한
언덕이다. 퀸티우스는 '퀸투스에서 태어난'이란 의미다. 아폴로는 흔히 머리를
길게 기른 젊은 청년의 모습으로 그려진다.

4행 라토나 : 아폴로와 디아나를 낳은 여신이며 희랍에서는 레토라고 한다.
헤라 여신의 미움을 받아 만삭의 몸으로 세상을 헤매고 있는 레토에게
'떠돌아다니는' 델로스섬이 출산할 땅을 제공했다고 한다. 델로스섬은 그
호의의 대가로 한 곳에 정착하게 되었다.

6~7행 알기두스, 에뤼만티우스, 그라구스 : 알기두스는 로마 남쪽 투스쿨룸에
위치한 산이다. 에뤼민디우스는 아르카디아에 위치한 산이며, 그라구스는
소아시아 뤼키아에 위치한 산이다.

8행 기뻐하는 여신 : 아르테미스 여신, 로마에서 디아나 여신은 숲을 지키는
여신이자 사냥의 여신이며, 숲에 사는 어린 것들을 보호하는 신이다.

9행 템페 계곡 : 테살리아의 유명한 계곡이다.

11행 동생에게 받은 : 아폴로의 동생 헤르메스는 형의 소를 훔친 대가로 뤼라를

만들어 형에게 선물했다.

14행 영수 카이사르에게서 : '영수 카이사르를 통해'라고 읽기 원하는 학자도 있는데, 이는 아폴로가 아우구스투스를 통해 소망을 이루어 주길 기원하는 내용을 분명히 함으로써 이 시를 아우구스투스 찬가로 부각하려는 의도라 하겠다.

15행 페르시아와 브리타니아 : 아우구스투스 당시 야만인들의 대표적 예들이다. 기원전 27년 카이사르 아우구스투스는 갈리아 원정을 감행했으며, 이때 사람들은 그가 브리타니아까지 침공할 것으로 알고 있었다.

I 22 죄는 티끌만한 것도

2행 마우리 : 북아프리카의 서쪽 끝, 오늘날 모로코 지역인 마우레타니아 지방에 사는 민족이다.

4행 푸스쿠스 : 아리스티우스 푸스쿠스는 호라티우스의 친구로 문학비평가였다.

5행 쉬르티스 : 북아프리카 카르타고와 퀴레네 사이에 위치한 해안으로 모래톱과 뜨거운 날씨로 유명하다.

6행 카우카수스 : 흑해에 붙어 있는 거대한 산맥이다.

7행 휘다스페스 : 인도 펀자브 지방에 흐르는 인두스강의 지류로 엄청난 괴물들이 살고 있다고 알려진 곳이다.

10행 랄라게 : 랄라게는 희랍어 '재잘거리다'에서 파생된 여자 이름이다.

13행 다우니아스 : 이탈리아 아풀리아 지방의 다른 이름이다. 호라티우스의 고향이며 이곳에 사는 사람들은 호전적 성향으로 유명하다.

14행 유바의 대지 : 2행의 마우레타니아를 가리킨다. 누미디아의 왕으로 유바 1세를 정복한 카이사르는 그의 아들 유바 2세를 볼모로 로마로 데리고 와서 로마의 문명과 교육적 혜택을 누리게 했다. 아우구스투스 황제는 기원전 25년 그를 속주 누미디아의 왕으로 세웠다. 유바 2세는 나중에 마우레타니아까지 통치했다.

15행 메마른 젖줄 : 북아프리카 마우레타니아 지방의 극히 척박한 환경에서 자랐음을 의미한다.

19행 혹독한 유피테르 : 유피테르는 비와 구름, 번개와 천둥 등 '날씨' 혹은 '기상 현상'을 의미한다.

I 23 사슴마냥 나를

1행 클로에 : 희랍어로 '새싹'을 의미하는 소녀 이름이다.

5행 바람에 살랑이는 가시덤불 이파리 : 전승 사본은 '봄의 도착에

살랑이는 이파리에'로 되어 있으나 후대의 추정에 따라 '봄의(veris)'를
'가시덤불의(vepris)'로, '도착의(adventus)'를 후대의 추정에 따라 '바람에(ad
ventum)'로 고쳐 읽었다.

9행 가이툴리아 : 가이툴리아는 북아프리카의 변방을 가리킨다. 가이툴리아에서
남쪽으로 내려가면 척박한 환경의 사하라 사막을 만나게 된다.

I 24 어찌 체면이 있고

3행 멜포메네 : 무사여신들 가운데 비극을 관장하는 여신으로, 흔히 무사여신들
전체를 대표한다.

5행 퀸틸리우스 : 『서정시』 I 18에서도 언급된 퀸틸리우스 바루스다. 그는
호라티우스와 베르길리우스의 친구로, 기원전 24/23년에 사망했다. 퀸틸리우스
바루스의 죽음에 바치는 조사이면서 친구를 잃고 슬퍼하는 베르길리우스를
위로하는 시다. 호라티우스 『시학』 438행에 따르면 바루스는 섬세한 예술감각을
가진 친구였다.

10행 베르길리우스 : 기원전 70~19년까지 살았던 로마의 대표적인 시인이다.
대표작으로 서사시 『아이네이스』가 있다.

13행 트라키아 오르페우스 : 오르페우스는 트라키아 출신의 시인으로, 그가
노래할 때면 짐승들은 물론이고 산천초목까지 그의 노래에 조용히 귀를
기울였다고 한다.

17행 메르쿠리우스 : 『서정시』 I 10을 보라.

19행 가혹함 : 운명의 가혹함을 말한다.

I 25 굳게 닫힌 창을

10행 뒷골목 : 거리에 나온 기녀들이 손님을 기다리는 장소의 대명사다.

11행 미친 듯 : 동사 'bacchor'는 '떠들썩하게 축제를 벌이며 소리를 지르다.'란
뜻으로 1~4행에서 여인을 찾아 북적이던 사람들의 모습에 상응한다. 이제
차가운 북풍만이 거리에서 잔치를 벌이고 있다.

15행 간장 : 간장(肝臟)은 분노 등의 감정이 자리하는 곳이다.

18행 도금양 : 도금양은 지중해에서 자라는 상록 관목이며, 가지가 무성하며
잎에서는 향기로운 냄새가 난다.

20행 동풍 : 'Eurus'는 동풍 혹은 동남풍이며 겨울바람이다. 이탈리아에서는
겨울 북풍과 함께 동풍도 겨울바람에 속한다. 전승 사본은 트라키아의 강
'Hebro'이지만, 편집자들은 이를 'Euro'로 고쳐 읽는다.

I 26 무사여신들이 도우사

3행 큰곰자리 : 북쪽 지방을 가리킨다.

5행 티리다테스 : 파르티아의 왕으로 기원전 30년 아우구스투스에게 도움을
청하고 로마에서 망명 생활을 했다.

8행 라미아 : 로마 귀족 아일리우스 집안에 속하는 세 명 중 하나다. 우선 루키우스
아일리우스 라미아는 기원전 45년 안찰관, 기원전 42년 법무관을 역임했으며,
그의 아들은 히스파니아 속주에서 복무했고, 손자는 기원후 3년의 집정관이다.
아마도 여기 라미아는 호라티우스와의 연배를 고려할 때 아들 라미아일 것이다.

9행 핌플레이스 : 핌플레이아샘은 올륌포스산의 북쪽 피에리아산에 위치한
샘이며 무사여신들에게 바쳐졌다. 핌플레이스는 '핌플레이아샘에 사는 여신'을
가리킨다.

I 27 즐겁자고 태어난

2행 트라키아 : 싸움에 능한 야만족의 대명사다. 투퀴디데스 『펠로폰네소스
전쟁사』(천병희 역) 7권 29절 이하 "이들 트라케인들은 두려워할 것이 없을 때는
야만족 중에서도 가장 피에 굶주린 부족이기 때문이다."

5행 메디아 : 이란 서부 고원을 가리키며 파르티아라고도 불린다. 이곳에 세워진
고대 메디아 왕국은 페르시아 왕국에 흡수되었다. 매우 거칠고 용맹한 것으로
유명하다.

9행 팔레르눔 : 팔레르눔 포도주는 캄파니아의 팔레르누스에서 생산되는 고급
포도주를 가리킨다.

10행 오푸스 : 에우보이아의 서쪽에 위치한 로크리인들의 주요 도시 중 하나다.

12행 화살 : 사랑의 화살.

19행 카륍디스 : 소용돌이치며 모든 것을 빨아들이는 괴물의 이름이다.

22행 테살리아 묘약 : 희랍 북부 지방 테살리아는 마법과 마녀, 그들이 쓰는
마법의 약으로 유명하다.

23행 세 얼굴의 키메라 : 『일리아스』(천병희 역) 6권 181행 이하 "키마이라는
신에게서 태어나고 인간에게서 태어나지 않았으며 앞쪽은 사자요, 뒤쪽은
뱀이요, 가운데는 염소였는데 입에서는 활활 타오르는 불길의 사나운 기운을
토하고 있었소."

24행 페가수스 : 메두사가 흘린 피에서 태어난 날개 달린 말이다. 벨레로폰은
키메라를 제거하기 위해 페가수스의 도움을 받았다.

I 28 헤아릴 수 없는 바다와

2행 아르퀴타스 : 이탈리아 남부 타렌툼의 유명한 장군이자 정치가, 철학자였다.

3행 만티눔 : 호라티우스의 고향 베누시아에서 멀지 않은 곳으로, 아르퀴타스의 무덤이 있는 곳이다. 가르가누스 산괴와 아드리아해가 만나는 지역, 아니면 타렌툼 근처의 해안을 가리킨다.

7행 펠롭스의 아비 : 탄탈로스.

8행 티토노스 : 라오메돈의 아들이며 아우로라 여신의 남편이다. 여신은 남편에게 영생불사를 약속했으나, 불행하게도 영원한 청춘은 잊는 바람에 육신이 시들어 사라졌고 목소리만 남았다고 한다.

9행 미노스 : 『오뒷세이아』 19권 178행 이하에 따르면 미노스는 유피테르와 대화를 나누는 사람으로 불리며, 유피테르의 가르침으로 법을 제정했다고 한다.

10행 판투스의 아들 : 판투스의 아들 에우포르보스는 파트로클로스를 죽이는 데 힘을 보탠 인물로, 이어 메넬라오스에게 죽임을 당한다. 피타고라스는 자신이 전생에 판투스의 아들 에우포르보스였다고 주장하며, 메넬라오스가 희랍 신전에 바친 에우포르보스의 방패를 신전에서 가지고 나와 그것을 자신의 것이라 주장했다. 14행 이하 "자연과 진리의 훌륭한 증인"은 피타고라스를 가리킨다.

18행 바다는 선원들의 죽음을 탐한다 : 아퀴타스의 무덤 옆에는 난파당해 죽은 뱃사람의 묘지가 서 있다. 뱃사람에게 장례를 지내 줄 사람이 없었으며, 그에게 아무렇게나 흙을 덮어 무덤을 만들어 준 것은 그의 원혼이 행인에게 매장을 부탁한 후였다. 21~36행은 뱃사람의 원혼이 그때 했던 말이다.

20행 프로세르피나 : 페르세포네라고도 불리며, 저승의 왕 하데스의 부인이다.

21행 저무는 오리온 : 오리온은 겨울 별자리이고 겨울은 폭풍의 계절로 항해하기에 부적절한 계절이다.

22행 일뤼리쿰 바다 : 아드리아해의 일부로, 이탈리아 남부와 마주 보는 일뤼리아의 바다를 가리킨다.

25행 헤스페리아 : '저녁땅'이라고 번역할 수 있으며, 이탈리아 혹은 희랍의 서쪽 지역을 가리킨다.

26행 베누시아 : 베누시아는 호라티우스의 고향으로 내륙 깊은 곳에 있는 도시다. 따라서 바다 폭풍의 영향을 거의 받지 않는 지역이다.

I 29 이키우스여, 유복한

1행 이키우스 : 기원전 26~25년 아일리우스 갈루스가 이끈 아라비아 원정에 참여했던 인물로, 참패로 끝난 원정에서 살아 돌아왔다. 한때 철학에 빠졌던 것으로 보인다.

1행 가자 : 'gaza'는 풍요로운 부를 나타내는 페르시아어다. 키케로의 시대에도
아라비아의 풍요를 상징하는 단어로 널리 쓰였다.

3행 사바 : 사바는 성경에서 '시바(Sheba)'로 불리는 남부 아라비아(오늘날 예멘
근처의 땅)다. 성경에 따르면 '시바'의 여왕이 솔로몬의 지혜를 시험하기 위해
찾아왔을 때, 여왕은 많은 수행원을 거느리고 향료와 엄청나게 많은 금과 보석을
낙타에 싣고 왔다고 전한다.

4행 메디아 : 이란 서부 고원을 가리키는데 파르티아라고도 불린다. 이곳에 세워진
고대 메디아 왕국은 페르시아 왕국에 흡수되었다. 매우 거칠고 용맹한 것으로
유명하다.

9행 세레스 : 앞서 『서정시』 I 12, 55를 보라. 세레스는 이미 기원전 1세기부터
스퀴티아와 인도를 넘어 비단이 나는 멀리 동방 지역(오늘날 중국 서부지방)을
가리키는 말로 사용되었다.

14행 파나이티오스 : 로도스 출신의 스토아 철학자로 기원전 185년경에 출생하여
기원전 110년경까지 살았다. 스키피오 장군의 친구였으며, 기원전 129년에
스키피오가 죽자 희랍 아테네로 돌아와 여생을 마쳤다.

15행 히베리아 : 에스파니아 속주를 가리킨다. 에스파니아 속주에서 나는 철은
매우 강한 것으로 유명하다.

I 30 베누스여, 크니도스와

1행 크니도스와 파포스 : 크니도스섬은 로도스섬에서 북서쪽으로 64킬로미터
떨어진 곳에 있는 섬으로 아프로디테 여신상으로 유명한 곳이다. 파포스는
퀴프로스섬의 남서 해안에 있는 도시이며 아프로디테 신앙과 깊은 연관을
가진 도시다. 『오뒷세이아』 8권 362행 이하 "웃음을 좋아하는 아프로디테는
퀴프로스의 파포스에 닿았으니 그곳은 그녀의 성역과 향기로운 제단이 있는
곳이다."

3행 글뤼케라 : 기녀들이 흔히 사용하던 이름이다(I 19, I 33, III 19를 보라). 또
다른 예로 뤼디아(I 8, I 13, I 25, III 9, IV 19)가 있다.

7행 유벤타스 : 청춘의 여신이다. 아우구스투스는 유벤타스 여신에 대한 제사를
부활시켰다.

8행 메르쿠리우스 : 메르쿠리우스는 신들의 전령이면서 동시에 상업의 신이자
설득의 신이다. '설득의 힘'은 아프로디테 숭배와는 자연스러운 조합이다.

I 31 아폴로 신전 축성에

1행 아폴로 신전 축성 : 아우구스투스 황제의 주도로 기원전 28년 10월 9일
팔라티움 언덕에 아폴로 신전이 새로 건립되었다. 이 신전은 로마에서 가장
규모가 큰 공공 도서관으로 쓰이게 되었으며, 거기에는 아폴로 신이 키타라를
연주하는 모습의 그림이 그려져 있었다.

3행 사르디니아 : 사르디니아섬과 시킬리아섬과 북아프리카는 풍요로운
곡창지대의 대명사다.

5행 칼라브리아 : 칼라브리아는 브루티움 지방의 다른 이름이다. 이탈리아 반도
최남단 서쪽에 있는 지역으로, 메세나 해협을 사이에 두고 시킬리아섬과
마주한다. 고온건조한 지역으로 유명하다.

7행 리리스 : 이탈리아 아펜니노 산맥에서 발원하여 라티움 지방을 지나 튀레눔
바다로 흘러드는 강이다. 고요하고 평화로운 시골 풍경과 어우러진 지역이면서
비옥한 땅에서 많은 수확물을 얻을 수 있는 부유한 곳이다.

9행 칼레스 낫 : 칼레스 지방은 품질 좋은 포도가 생산되는 곳이다. 앞서 『서정시』
I 20, 9행에도 언급되었다.

14행 아틀라스 바다 : 오늘날의 대서양을 가리킨다. 배를 이용한 원거리 무역은
한꺼번에 많은 돈을 벌 수도 있는 큰 사업이었으며, 그만큼 위험부담도 대단히
큰 모험이었다. 앞서 I 1, 15행 이하를 보라.

16행 아욱 : 헤시오도스 『일들과 날들』 41행 "아욱과 둥굴레 속에 얼마나 큰
이익이 들어 있는지 모르고 있는 것이오." 아욱은 소박한 음식의 대명사다.

18행 라토나의 아드님 : 아폴로를 가리킨다.

I 32 세상은 나를 찾되

1행 : 전승 사본에 'poscimur'와 'poscimus'가 나타난다. 'poscimus'는 '빌다,
간청하다'의 뜻으로 신에게 무언가를 기원할 때 자주 쓰인다. 'poscimur'는 '찾다,
요구하다'의 뜻으로 세상은 화자를 찾지만 화자는 세상이 요구하는 것들을 피해
시인으로 속세의 시름을 버리고 살아가고 있다.

5행 레스보스의 시인 : 희랍 레스보스섬이 배출한 시인 일카이오스를 가리킨다.
알카이오스는 기원전 7~6세기 레스보스의 귀족이며, 전사이자 시인이었다.
그는 정치적 혼란과 전쟁 속에서 성장했으며, 고향 도시의 여러 귀족에 맞서
싸웠다. 참주에 대항하여 싸우다 고향에서 추방당했고 오랜 세월 떠돌아다녀야
했다. 따라서 그의 시는 대부분 정치와 전쟁을 소재로 하며 국가를 배에 비유한
것으로 유명하다.

10행 소년 : 쿠피도.

11행 뤼쿠스 : 알카이오스가 사랑했던 소년의 이름이다.

15행 치료 : 'medicumque'는 라흐만(Lachmann)의 추정이며 전승 사본에는 'mihi cumque'가 보인다. 일부 연구자들은 이를 '내가 요구할 때면 언제나 나에게'라고 해석하기도 한다.

I 33 알비우스여, 그렇게

1행 알비우스 : 알비우스 티불루스를 가리킨다. 티불루스는 로마 엘레기 문학류를 대표하는 시인으로 호라티우스와 동시대인으로, 로마 엘레기는 실연당한 사내의 비탄을 주요 내용으로 한다. 티불루스의 생몰 연도는 정확히 알려지지 않았으나 대략 기원전 54년 혹은 50년에 출생하여 기원전 19년에 사망한 것으로 보인다.

5행 어린 이마 : 이마에 아직 솜털이 많은 나이를 가리킨다.

5행 뤼코리스 : 엘레기 시인 코르넬리우스 갈루스의 작품에 등장하는 여인의 이름이다. 갈루스는 기원전 70년에 출생하여 기원전 26년에 사망했다.

6행 퀴루스 : 특정인을 가리킨다기보다 그저 잔인함과 냉정함을 뜻하는 이름을 선택한 것으로 보인다.

7행 아풀리아 : 호라티우스의 고향이다. 호라티우스는 『서정시』 I 22에서 아풀리아 늑대를 언급한 바 있다.

7행 플로에 : 흔히 '플로에'는 사랑을 거부하는 여인의 이름이다.

11행 청동멍에 : 청동은 여기서 강한 재료를 뜻하며, 벗어날 수 없는 구속을 의미한다.

15행 아드리아해 : 폭풍이 많은 바다의 대명사로 쓰인다.

15행 칼라브리아 해안 : 타렌툼만을 가리킨다.

16행 해방노예 : 원문 'libertina'는 '해방된 여자 노예'를 가리키는 용어이며, 뮈르탈레도 해방노예들이 사용하는 이름 중 하나다. '해방노예'를 언급한 것의 의미는 호라티우스의 『비방시』 14, 15행에 "한 남자에게 만족하지 못하던 해방노예 프뤼네 때문에 나는 수척해졌다."라는 구절에서 엿볼 수 있다.

I 34 신들을 잘 찾지도

2행 어리석은 지혜 : 모순어법으로 '어리석은 지혜'란 에피쿠로스 철학을 가리킨다. 에피쿠로스는 신들이 인간사에 개입하지 않는다는 주장을 펼쳤다.

4행 버려두었던 길 : 에피쿠로스 철학에 경도되기 이전의 종교관으로 다시 돌아감을 가리킨다.

7행 고함치는 : 유피테르는 흔히 번개와 천둥의 신으로 알려졌으며, 구름으로 뒤덮인 하늘만이 아니라 맑게 갠 하늘에서도 능력을 과시한다.

10행 스튁스강 : 저승에 흐르는 강이다.

10행 타에나리스 : 펠로폰네소스의 최남단으로, 저승으로 들어가는 입구가 있다고 알려진 곳이다. 사후 영혼들이 내려간다는 지하 세계를 의미한다.

11행 아틀라스의 강역 : 지브롤터 해협외 북아프리카 대륙 쪽에 위치한 산맥으로, 세계의 끝을 가리킨다. 아틀라스 산맥 너머에서 지중해와 대서양이 만나게 되는데, 그곳은 당시 상인들이 도달할 수 있었던 가장 먼 지역이었다.

I 35 살가운 안티움을

1행 안티움 : 라티움 지방의 해안에 위치한 도시로서 과거 볼스키 사람들의 중심도시였다. 운명의 여신을 모시는 신전으로 유명하다.

6행 비튀니아 : 비튀니아는 흑해 남부의 해안 지대이며 선박용 목재의 주요 공급처다.

6행 카르판티움 : 크레타섬과 로도스섬 사이의 바다를 부르는 이름이다. 폭풍이 거센 구간으로 유명하다.

7행 바다의 주인 : 운명의 여신은 농업과 동시에 해양 무역을 돌보는 여신이다.

9행 사나운 다키아 : 다키아는 도나우강 유역인 오늘날의 루마니아에서 흑해 서안에 이르는, 트라키아 북부에 인접한 지역이다. 다키아 민족은 매우 용맹한 민족이었다고 한다.

9행 도망하는 스퀴티아 : 스퀴티아인들은 오늘날의 이란에 거주했던 기마 민족이다. 이들은 적 앞에서 도망치며 말 위에서 등을 돌려 활을 쏘아 적을 공격한다고 알려졌다.

17행 잔혹한 필연 : 필연의 여신은 운명의 여신을 따라다니며 한번 정해진 것은 절대 바꾸지 않는다. 이하에 언급된 '못'과 '쐐기'와 '자물쇠'와 '납'은 모두 바꿀 수 없게 단단히 고정하는 도구들이다.

29행 브리타니아 : 아우구스투스 황제는 기원전 34년과 27년, 26년 등 세 번에 걸쳐 브리타니아 원정을 준비했다. 하지만 원정을 실제로 결행하지는 않았다.

30행 붉은 오케아노스 : 오늘날 홍해를 가리킨다. 로마인들은 흔히 홍해를 넘어 인도양과 페르시아만까지의 넓은 지역을 붉은 오케아노스라고 불렀다.

32행 새 군대의 청년들 : 기원전 26년 아일리우스 갈루스는 아라비아 원정에 나서기 위해 새롭게 군대를 편성한 것으로 보인다. 그는 이집트에서 기원전 24~26년까지 주둔군 사령관직을 역임했다. 그의 아라비아 원정은 실패로 끝났다.

39행 무뎌진 칼날 : 오랫동안 쓰지 않아 무뎌진 것이 아니라 계속된 사용으로 칼날이 무뎌진 것이다. 로마에서는 거의 백 년 동안 진행된 내전으로 33행에 언급된 것처럼 형제들이 서로에게 쉴 새 없이 칼을 휘둘렀다.

39행 마사게테스 : 스퀴타이인들의 일파로 카스피해 동쪽에 사는 사람들이다.

I 36 유향과 비파를 들어

3행 누미다 : 누미다에 관해서는 알려진 것이 없다. 폼포니우스 누미다라고 보기도
하고 누미다 플로티우스라고 보기도 한다.

8행 대장 : 많은 주석가는 라미아와 누미다가 어릴 적부터 친구였으며, 라미아가
또래를 이끌던 '골목대장'이었다고 해석한다. 일부는 둘을 가르친 '선생'으로
보기도 한다.

10행 크레타 백분 : '크레타섬(Creta)'과 '백분(creta)'을 나타내는 단어가 같다.
그래서 로마 사람들은 백분이 크레타에서 수입된 것으로 믿었다. 그래서 특별히
기쁜 날을 흰색으로 달력에 표시했다.

12행 살리움풍 : 마르스 사제단을 '살리이(Salii)'라고 부른다. 마르스 사제들은
군무를 추고 노래를 부르며 마르스 신에게 제사를 지냈다.

13행 다말리스 : 가상의 여인으로 보인다. 후반부의 내용에 비추어 시인은
다말리스에게 갓 돌아온 누미다와 함께 바수스에 뒤지지 않을 만큼 술을
마시라고 권하는 것으로 보인다.

14행 트라키아식 : 트라키아식이란 단숨에 쭉 들이마시는 음주법을 가리킨다.
트라키아는 흔히 포도주의 원산지로 알려졌으며, 오뒷세우스는 귀향 도중
트라키아에서 대단히 향기로운 포도주를 얻었다고 한다. 『오뒷세이아』 9권 39행
이하와 191행 이하를 보라.

14행 바수스 : 말술도 사양하지 않는 술꾼의 대명사로 쓰인 듯하다.

I 37 이젠 마셔야한다

5행 여왕 : 클레오파트라 여왕은 카피톨리움 신전에서 신들에게 제사를 지냈다.
그녀는 율리우스 카이사르의 이집트 전쟁을 도왔고, 기원전 46년 로마를 찾았다.
카이사르 암살 이후 안토니우스와 클레오파트라는 급속히 가까워졌으며,
기원전 37년부터는 알렉산드리아에서 같이 살았다. 기원전 33년 불화설이
나돌던 옥타비아누스와 안토니우스가 본격적으로 충돌했고, 기원전 31년 9월
2일 악티움 해전에서 안토니우스는 크게 패하여 클레오파트라와 이집트로
돌아간다. 클레오파트라와 안토니우스는 옥타비아누스가 기원전 30년 8월 1일
알렉산드리아를 함락함으로써 몰락했다. 클레오파트라는 기원전 30년 스스로
목숨을 끊었고, 이로써 마침내 내전이 종식되었다.

7행 카이쿠붐 포도주 : 최고급 포도주 가운데 하나다. 『서정시』 I 20을 보라.

9행 추악한 사내들 : 클레오파트라의 시중을 들던 내시들을 가리킨다.

14행 마레오티스 : 마레오티스 호수 인근은 알렉산드리아 인접 지역으로, 이집트에서 가장 유명한 포도주 생산지다.

17행 노 저어 서둘러 뒤쫓아 갔다 : 실제로 옥타비아누스는 안토니우스와 클레오파트라의 배를 바로 뒤쫓지는 않았다. 일단 이탈리아로 철수했으며 이탈리아의 내분을 잠재운 직후 이집트로 향했다. 사모스에서 겨울을 나고 이집트를 압박하기 시작한 것은 기원전 30년 봄이다.

18행 약한 비둘기 : 『일리아스』 22권 138행 이하 "그러자 펠레우스의 아들이 빠른 걸음을 믿고 쏜살같이 뒤쫓았다. 마치 깃털 달린 새들 중에서 가장 날랜 매가 산속에서 겁 많은 비둘기를 재빨리 내리 덮치듯이."

19행 하이모니아 : 테살리아의 한 지방이지만 흔히 테살리아 전체를 대표한다.

23행 은신의 고장 : 클레오파트라는 홍해로 달아날 계획을 세웠으며, 안토니우스는 히스파니아로 탈출하려고 했다.

30행 잔인한 리부르니아 : 리부르니아는 오늘날 알바니아에 해당하는 곳이며, 이 지역에서 활약한 해적선을 리부르니아 전함이라고 부른다. 쾌속선으로 유명하며 악티움에서 맹활약했다.

II 1 집정관 메텔루스 이래

1행 집정관 메텔루스 : 퀸투스 카이킬리우스 메텔루스 켈레르는 기원전 60년에 집정관을 지냈다. 기원전 60년은 카이사르와 폼페이우스와 크라수스의 삼두정치가 시작된 해다.

6행 주사위의 결정 : '우연의 장난'을 나타낸다.

11행 케크롭스 장화 : 흔히 비극 장화라 한다. 희랍 비극 공연에서 배우들이 신었던 신발이다.

14행 폴리오 : 가이우스 아시니우스 폴리오는 유명한 변호인이었다. 주로 형사사건의 변호를 맡아 피고를 변호했다. 비극 시인으로도 명성을 얻었다. 폴리오는 기원전 60년에서 기원전 42년 필리피 전투까지의 역사를 기록했다.

15행 달마티아 승리 : 달마티아는 아드리아해의 동해안 지역을 가리킨다. 기원전 39년 폴리오는 달마티아의 파르티니 부족에 대해 승리를 거두었다.

22행 보이는 듯 : 전승 사본에는 '들린다(audire)'지만 베로알두스(Beroaldus)와 벤틀리 등은 이를 '보인다(videre)'로 수정했다.

23행 불굴의 카토 : 마르쿠스 포르키우스 카토 우티켄시스는 호구감찰관 카토의 증손자로서, 기원전 46년 카이사르가 모든 권력을 장악하자 그의 독재정 아래 살 수 없다는 이유로 스스로 목숨을 끊었다.

24행 모든 것이 대지에 엎드렸고 : 기원전 48년 파르살리아 전투에서
폼페이우스를 물리친 카이사르는 기원전 46년 4월 6일 탑수스 전투에서
폼페이우스의 잔존 세력을 최종적으로 물리치고 정권을 독점한다.
25행 유노 : 카르타고의 수호신이다. 과거 로마에 의해 카르타고가 패망했으며,
이후 다시 유구르타가 로마에 패배했다. 카르타고 멸망과 유구르타의 죽음으로
신들은 아프리카 땅을 포기해야 했다.
28행 유구르타에게 바쳐졌구나 : 기원전 111~105년 북아프리카 누미디아의 왕
유구르타가 로마와 벌인 전쟁을 흔히 유구르타 전쟁이라고 한다. 기원전 104년
포로로 붙잡힌 유구르타는 마리우스의 개선식에 끌려 나왔다. 호라티우스는
기원전 46년의 탑수스 전투에 희생된 로마 병사들의 죽음을 유구르타의 복수로
해석하고 있다.
31행 메디아 : 카스피해의 서남부 지방으로 파르티아와 함께 로마의 숙적이다.
아마도 이들이 로마의 골육상쟁 소식을 듣는다면 기뻐할지도 모른다고
호라티우스는 생각하고 있다.
31행 저녁땅 : 여기서는 이탈리아를 가리킨다.
34행 다우니아 : 이탈리아 남부의 아풀리아 지방을 가리킨다. 하지만 여기서는
이탈리아 전체를 대신하여 쓰였다.
37행 짓궂은 무사 : 호라티우스는 폴리오의 역사책에서 다룬 무겁고 어두운
주제와 반대되는 가볍고 경쾌한 주제, 사랑의 노래, 장난기 넘치는 노래를
택했다. 이는 9행의 "가혹한 비극의 무사여신"과 대비된다.
38행 케오스 장송곡 : 케오스는 희랍 시인 시모니데스의 고향이다. 시모니데스는
페르시아 전쟁 중에 테르모퓔라이에서 전사한 병사들을 추모하는 시를 지었다.
39행 디오네의 동굴 : 호메로스에 따르면 디오네는 아프로디테의 어머니다. 하지만
흔히 아프로디테와 동일시된다.

II 2 황금을 멀리하는

1행 황금을 멀리하는 : 원문 '철편(lamna)'은 오늘날로 치면 금괴에 해당한다. 묻어
둔 철편은 '탐욕'을 상징한다.
1~2행 크리스푸스 살루스티우스 : 가이우스 살루스티우스 크리스푸스는
삼촌이었던 역사가 살루스티우스에게 입양되어 큰 재산을 물려받았다. 젊은 날
안토니우스의 지지자였으나 나중에는 아우구스투스 황제의 최측근이 된다.
5행 프로쿨레이우스 : 가이우스 프로쿨레이우스 바로는 아울루스 테렌티우스
바로의 아들이며 마에케나스의 부인 테렌티아의 오빠다. 그는 동생들이 재산을
잃자 자기 재산을 삼등분하여 나누어 주었다. 아우구스투스 황제의 신임을 받는

친구였다.

11행 양쪽 포에니 땅 : 북아프리카의 카르타고 영토(뤼비아)와 남부 히스파니아의
카르타고 식민지(가데스)를 가리킨다.

13행 수종 : 수종(水腫)은 갈증을 동반하여, 갈증을 없애려고 물을 계속 마실수록
더욱 심해진다. 탐욕도 이와 같다.

17행 퀴로스의 왕위를 차지한 프라아테스 : 파르티아 왕국을 세운 아르사케스는
자신이 페르시아 제국을 세운 퀴로스의 후예라고 믿었다. 프라아테스 4세는
기원전 38년부터 기원전 2년까지 파르티아를 통치했다. 그는 파르티아의 왕
오로데스 2세의 장자로서 왕위 상속인으로 지명되자 곧 아버지와 형제들을 모두
죽이고 왕위를 차지했다.

23행 눈이 뒤집히지 않는 : 원문 'oculo irretorto'을 주석가들은 흔히 '재물을 보고
지나치며 다시 돌아보지 않는다.'로 해석하거나 혹은 '곁눈질하지 않는다.'로
해석한다. 역자는 17행 프라아테스의 광기와 연결하였다.

II 3 힘겨운 일에도 평상심을

4행 델리우스 : 퀸투스 델리우스는 기원전 1세기의 정치가로, 여러 번 정치적
입장을 바꾼 것으로 유명하다. 메살라 코르비누스는 그를 일컬어 "내전의
곡예사(desultor bellorum civilium)"라고 불렀다.

7행 표를 달아 : 포도주를 저장고에 보관할 때 포도주 통에 포도 수확 일자 등의
표시를 한다. 저장고 안쪽에 보관된 술일수록 오래된 술이며, 특히 팔레르눔은
고급 포도주에 속한다.

9행 거기 : 전승 사본들은 대개 '무엇을 위해(quo)'로 전해지지만 람비누스 등은
'거기(qua)'로 고쳤다. 연관하여 11행에서도 '무엇을 위해(quid)'로 전하지만
페아 등은 이를 'et'로 수정했다. 전승 사본에 따르면 두 개의 의문문이
만들어진다. '만약 즐기지 않는다면, 나무그늘과 시냇물은 무엇을 위한
것인가?'라고 묻고 있는 것으로 이해된다. 수정 제안은 축제가 펼쳐지는 공간적
배경 설명을 강조한다.

15행 세 자매 : 운명의 여신 클로토와 라케시스와 아트로포스를 가리킨다.
클로토는 생명의 실을 잣고, 라케시스는 실을 꼬며, 아트로포스는 실의 길이를
결정한다.

20행 바다에 던져 넣을 테다 : 로마의 부자들은 바다를 메워 해안가에 아름다운
별장을 짓는 데 많은 돈을 소비했다.

21행 이나쿠스 : 아르고스의 첫 번째 왕이다. 아주 오래된 명문가를 나타낸다.

24행 오르쿠스 : 저승을 다스리는 왕이다.

II 4 하녀를 마음에

2행 포키스 : 중부 희랍의 도시로 델포이 근처에 있다.

4행 브리세이스 : 『일리아스』 1권 184행 이하에서 언급된 아킬레우스의 애인으로, 아킬레우스가 전투에서 빼앗아 온 여인이다.

6행 테크메사 : 트로이아 전쟁에 참가한 영웅들 가운데 아킬레우스 다음으로 용감한 아약스는 프뤼기아 왕을 전투에서 죽이고 그의 딸을 데려왔다.

8행 잡혀온 처녀 : 카산드라를 가리킨다. 카산드라는 트로이아가 점령당했을 때 오일레우스의 아들 아약스에게 붙잡혔으며, 나중에는 희랍 원정군의 총사령관 아가멤논을 따라 뮈케네로 끌려갔다. 그곳에서 아가멤논의 아내 클뤼타임네스트라에게 살해된다.

9행 테살리아 승자 : 아킬레우스의 고향은 테살리아의 프티아다. 아킬레우스에게 헥토르가 살해됨으로써 트로이아(페르가몬)는 패망한다.

16행 페나테스 : 집안과 가정 때로는 국가의 수호신이다.

II 5 아직은 멍에를

15행 랄라게 : 앞서 I 22, 10행에 등장했던 이름으로 명랑하고 쾌활하다는 뜻을 가진 이름이다. 사랑의 시에서 흔히 등장하는 여주인공의 이름이다.

17행 폴로에 : I 33, 7행에 등장했던 이름이다.

18행 클로리스 : 창백할 정도로 눈처럼 희다는 뜻을 가진 이름이다. 니오베의 자식들 가운데 마지막까지 살아 있던 막내딸의 이름이기도 하다.

20행 귀게스 : 문맥상 귀게스는 크니도스섬 출신의 미소년이다. 크니도스섬은 자고로 사랑의 여신 아프로디테로 유명한 곳이다. 그는 소녀들과 함께 있으면 도저히 찾아내지 못할 만큼 아름다운 소년으로 묘사되어 있다.

II 6 가데스로, 멍에를

1행 가데스 : 카르타고인들이 히스파니아 남부에 세운 도시를 가리킨다. 서쪽 끝에 놓인 땅을 대표한다.

2행 칸타브리아 : 칸타브리아는 히스파니아 북서쪽에 위치한 도시로, 기원전 29년 로마에 복속되었으나 끊임없이 반란을 꾀했다.

2행 마우루스의 파도 : 북아프리카 서부의 마우레타니아를 가리킨다. 오늘날 모로코 지역이다. 3행의 쉬르티스는 북아프리카의 카르타고와 퀴레네 사이에 형성된 해안사구를 가리킨다. 사실 마우레타니아의 동쪽 멀리 위치한다.

4행 셉티미우스 : 『서간시』 1권 6에도 언급되는, 호라티우스의 친구다.

5행 아르고스 사람 : 티부르를 세운 사람은 아르고스를 다스린 암피아라우스 왕의 아들이라고 전한다.

10행 가죽옷 입은 양들 : 타렌툼은 고급 양모로 유명한 도시다. 타렌툼 사람들은
양털을 보호하기 위해 양에게 가죽옷을 입혔다고 한다.

10행 갈라에수스 : 갈라에수스강은 이탈리아 남부 타렌툼을 지나는 강이다.
타렌툼은 스파르타 사람 팔란투스가 세운 도시라고 전한다.

13행 후미진 구석 : 타렌툼은 이탈리아 남부 타렌툼만 안쪽 깊숙한 곳에 위치한다.

14행 휘메투스 : 아테네 인근 산악지역으로, 여기서 생산되는 벌꿀이 매우
유명하다.

15행 베나프룸 : 캄파니아와 라티움 지방의 경계에 위치한, 삼니움족이 세운
도시로서 이곳에서 생산되는 감람유는 유명하다.

19행 아울론 : 아울론은 타렌툼 근처에 위치한 도시로, 포도주가 유명하다.

II 7 그렇게 자주

1행 마지막까지 : 카이사르의 암살 후, 기원전 44년에 브루투스는 아테네를
찾았다. 기원전 42년 필리피 전투에서 패할 때까지 브루투스는 2년 동안
카이사르의 후계자들과 대치했다.

3행 누가 : 옥타비아누스는 내전에 참가했던 모든 이들을 사면했다.

5행 폼페이우스 : 고대 주석에 따르면 호라티우스의 전우였던 폼페이우스
바루스를 가리킨다.

7행 쉬리아 몰라바트룸 향유 : 타말라 나무의 잎사귀에서 추출되는 기름이다.
로마인들은 이 향유를 주로 쉬리아에서 수입했다.

9행 필리피 들판 : 마케도니아 동부에 위치한 도시로 이곳에서 안토니우스는
기원전 42년 카시우스와 브루투스를 물리쳤다. 브루투스 군대에 가담한
호라티우스와 폼페이우스는 이 전투에 참여했다.

10행 방패를 버리고 : 방패는 전사의 명예를 상징한다. 희랍 시인 아르킬로코스는
전장에서 방패를 버리고 도망치고도 이를 대수롭지 않은 것으로 노래했다.
호라티우스는 필리피 전투에 군사대장으로 참전했기 때문에 방패를 손에 잡을
일도 없었다. 원문의 방패(parmula)는 더구나 희랍식 둥근 방패다.

13행 메르쿠리우스 : 『일리아스』 24권에서 프리아모스는 메르쿠리우스의
도움으로 적진을 뚫고 아킬레우스를 찾아갔다.

15행 다시금 전쟁터를 향해 : 기원전 42년 필리피 전투 이후에도, 기원전 36년
섹스투스 폼페이우스, 기원전 31년 안토니우스까지 내전은 계속되었다.

17행 빚진 성찬 : 호라티우스는 유피테르에게 친구가 무사히 고향에 돌아오면
제물을 바치기로 맹세한 것으로 보인다.

21행 마시쿠스: 캄파니아 북부 지방의 마시쿠스산에서 나는 유명한 이탈리아 포도주로 질 좋은 포도주에 속한다.

22행 커다란 조개: 조개 모양으로 만든 커다란 그릇으로 잔치에 쓰일 기름을 담아 놓는 용도로 쓰인다.

25행 베누스: 주사위를 던져 나온 패 가운데 '베누스 여신'이 가장 높은 패다. 술자리에서 베누스 패를 얻은 사람이 술자리를 주관하는 왕의 역할을 맡아 잔치를 주도하는 관례가 있었다.

26행 주연의 판관: 『서정시』 I 4, 18행과 I 9, 7행을 보라.

27행 에도니인: 트라키아 지방에 사는 부족이다. 옛날 이들의 왕 뤼쿠르고스는 디오뉘소스에 의해 광기에 빠졌다고 하며, 부족의 여인들은 박코스의 여신도들로 그려지곤 한다.

II 8 만약 네가

2행 바리네: 이탈리아 남부의 도시 바리움과 연관된 여자 이름이다.

4행 창백해진다면: 전승 사본의 'uno……ungui'는 '손톱 하나'를 뜻하며 '손톱 하나만큼이라도 추해진다면'으로 읽을 수 있다. 'albo……ungui'는 후대 수정 제안이다.

9행 땅에 모신 모친의 재: 바리네가 맹세할 때 내세우는 '모친'과 '별들'과 '신들'이 열거된다.

15행 피 묻은 숫돌: 사랑의 화살을 맞아 상처 입은 사람들이 흘린 피로 늘 젖어 있는 쿠피도의 화살촉을 가는 숫돌에도 핏자국을 남긴다.

22행 인색한 아비: 희극에서는 천한 신분의 여인과 사랑에 빠진 청년에게는 늘 엄격한 부자 아버지가 있고, 아버지는 어리석은 아들이 가산을 탕진하지는 않을까 싶어서 아들에게 인색하게 군다.

23행 너의 바람이: 바람은 앞서 I 5, 11행에서 "속이는 바람"처럼 항해와 사랑, 실연과 난파를 연결하는 비유다. 여기서는 지체시키는 바람으로, 뱃사람이 바람에 묶여 고향으로 돌아가지 못하는 상황을 사랑에 빠진 상황에 연결했다.

II 9 눈보라 폭풍이

5행 발기우스: 가이우스 발기우스 루푸스는 시인 호라티우스의 친구였으며, 사랑하던 소년을 잃은 슬픔을 노래하는 엘레기를 썼다.

7행 가르가누스: 이탈리아 반도의 동남부 해안지방에 위치한 산괴다. 아드리아해를 향해 돌출된 지형에 위치한 산이기 때문에 북풍에 노출되어 있다.

10행 뮈스테스: 발기우스가 사랑하던 소년이다. 발기우스는 다른 이에게 애인

뮈스테스를 빼앗긴 것으로 보인다.

14행 안틸로쿠스 : 파트로클로스가 죽은 후 그를 대신하여 아킬레우스를
　　보좌하던 사람으로, "세 세대를 살았던 노인" 네스토르의 아들이다.
　　미소년이었던 그는 헥토르의 전사 이후 참전한 멤논에 의해 살해된다.

15행 트로일로스 : 트로일로스는 트로이아의 왕 프리아모스의 아들이다.
　　미소년이었던 그는 아킬레우스에게 살해당한다.

20행 니파테스 : 아르메니아의 타우루스 산맥에 속하는, 눈으로 덮인 산악지대다.

22행 물결을 낮추도록 명받은 메디아의 강 : 메디아의 강은 에우프라테스 강을
　　가리킨다. 강을 의인화하여 마치 로마의 힘에 굴복하여 물결을 낮추어 잔잔히
　　흘러가게 된 것처럼 그리고 있다.

24행 겔로니인들 : 유목생활을 하는 스퀴티아의 한 민족이다. 흑해 주변이 로마에
　　정복됨으로써 이들에게 허락된 땅이 위축되었다고 호라티우스는 보고 있다.

II 10 이런 삶이 옳겠다

1행 리키니우스 : 여기서 언급된 리키니우스는 루키우스 리키니우스
　　무레나(기원전 62년 집정관)의 아들로, 아울루스 테렌티우스 바로에게 입양된
　　루키우스 리키니우스 바로 무레나로 추정된다. 그는 마에케나스의 처남이었고,
　　기원전 23년 아우구스투스를 몰아내려는 반란에 연루되어 목숨을 잃었다.

5행 황금의 중용 : 1행 "이런 삶이 옳겠다."의 뜻이 명확해졌다. 희랍의 격언
　　'지나치지 않게'와 똑같은 삶의 지혜를 가르치고 있다.

19행 키타라로 : 아폴로는 키타라를 연주하며 무사여신으로 하여금 노래하도록
　　재촉한다.

II 11 거친 칸타브리아와

1행 칸타브리아와 스퀴티아 : 칸타브리아는 로마제국의 서쪽 변방이며,
　　스퀴티아는 동쪽 변방이다. 원문을 따라 읽으면 칸타브리아가 전쟁을 꾸미고
　　있고, 스퀴티아가 아드리아해 건너에서 무언가를 꾸미고 있다.

2행 큉크티우스 : 히르피누스 큉크티우스는 『서간시』 I 16에서도 언급되며, 그에
　　관해 알려진 것은 없다.

10행 붉은 : '붉은'은 흔히 달에 붙이는 별칭이다.

13행 플라타누스와 소나무 : 두 나무는 호라티우스 시에서 흔히 시원한 그늘을
　　제공하는 나무로 언급된다.

16행 감송 향유 : 쉬리아를 거쳐 로마에 수입된 아라비아 혹은 인도의 향유로
　　감송(甘松)에서 추출된 향유를 가리킨다.

19행 불타는 : 포도주를 맑은 샘물에 희석하여 마시는 풍습이 있었다. "불타는 포도주"는 물을 섞지 않은 상태의 포도주를 가리킨다.

21행 길에 서지 않는 창기 : 원문 'scortum'은 '가죽'을 뜻하며, 창녀를 가리키는 말로 쓰인다. '길에 서지않는'과 '청하기 어려운'을 뜻하는 것으로 보인다.

24행 머리는 스파르타 여인처럼 대강 묶고서 : 전승 사본에 따라 'in comptum… …nodum'으로 읽거나 'incomptam……comam'으로 읽는 등 여러 가지 변형이 있다. '머리를 잘 빗고 묶고'와 '빗질을 하지 않은 채 대강 묶고'로 갈린다.

II 12 바라지 마시라

1행 누만티아 : 히스파니아 북서부 칸타브리아 지역에 위치한 도시로, 기원전 195~133년까지 로마의 지배에 대항하여 전쟁을 벌였다. 기원전 133년 소(小)스키피오에게 완전히 정복되었다.

3행 붉게 물든 시킬리아 바다 : 1차 카르타고 전쟁 당시, 시킬리아 인근 바다에서 펼쳐진 해전에서 수많은 카르타고 병사들이 수장되었다. 기원전 260년 뮐라이 해전과 기원전 241년 아이가테스 해전이 대표적이다.

5행 라피타이족 : 테살리아의 산악지역에 거주하는 민족이다. 히포다미아의 혼인식에 초대된 라피타이족은 켄타우로스족과 술에 취해 싸움을 벌였다.

6행 휠라이우스 : 켄타우로스족 중 한 명이다.

7행 대지의 자식들 : 대지의 여신 가이아의 자식들로, '예전에 사투르누스가 살고 있던 집'을 물려받은 올륌포스 신들을 공격했고 이들을 헤라클레스가 제압했다.

9행 역사의 걸음으로 : 운율이 없는 산문을 의미한다.

15행 뤼킴니아 : 가상의 기녀 이름이다. 옛 주석가들은 뤼킴니아가 마에케나스의 부인 테렌티아를 가리킨다고 생각했다.

21행 아카이메네스 : 페르시아 아카이메네스 왕조를 세운 신화적 인물이다. 뤼디아의 크로이소스처럼 그도 엄청난 부를 소유한 왕으로 유명하다.

22행 뮈그돈 : 프뤼기아의 왕으로, 뮈그돈 또한 부자의 대명사로 쓰인다.

II 13 예전 저주받은 날에

3행 나무여 : 사비눔 영지에서 어느 날 호라티우스는 쓰러지는 나무에 깔려 죽을 뻔했다(10행 이하를 보라). 이 사건은 다른 시(II 17과 III 4와 III 8)에서도 언급된다.

8행 콜키스 독약 : 콜키스는 메데이아의 고향으로 마법과 독약으로 유명한 곳이다.

14행 보스포로스 : 지중해에서 흑해로 진입하는 초입에 위치한 해협으로 풍랑이 매우 심한 곳이다.

17~18행 파르티아 활과 빠른 후퇴 : 파르티아 기병들은 도망치면서도 돌아앉아서
　추격하는 적에게 활을 쏘아대는 것으로 유명하다. 『서정시』 I 19, 11행을 보라.
18행 이탈리아 정예군 : 원문 'robur'는 참나무를 의미하며, 강인함을 상징한다.
　여기서는 로마의 정예군을 가리킨다.
21행 프로세르피나 : 저승의 신 하데스의 부인이다.
22행 아이아쿠스 : 아킬레우스의 할아버지 아이아쿠스는 미노스와 라다만토스
　등과 함께 흔히 저승의 심판인 역할을 맡는다.
24행 아이올리아 : 뒤에서 언급되는 사포와 알카이오스는 레스보스 출신이며,
　레스보스섬은 아이올리아 방언을 사용하던 지역이다.
25행 고향처녀들을 노래하는 : 사포는 시인으로서 레스보스 처녀들의 교육을
　담당했으며, 소녀들을 위해 사랑의 노래를 지었다.
29행 경건한 침묵에 합당한 노래 : 종교적 의식을 거행할 때 부르는 노래가
　연주되는 동안 제사에 참석한 군중은 침묵을 지켜야 한다. 사포와 알카이오스가
　저승에서 저승의 청중인 망자들을 위해 노래를 부르는 것처럼 묘사한다.
　『서정시』 III 1, 1행 이하를 보라.
32행 전투와 쫓겨난 왕들의 이야기 : 알카이오스의 서정시에서 주로 다루던
　주제를 가리킨다. 사포와 알카이오스를 비교할 때 저승에서도 알카이오스를
　선호한다는 것이다. 위의 26행 이하를 보라.
34행 머리 백 개 괴수 : 저승의 문턱을 지키는 케르베로스를 가리킨다. 즐거운
　이야기에 넋이 나가 "귀를 떨구고"에서 보듯 경계심을 풀었다.
36행 자비 여신들의 뱀들 : 자비의 여신들은 복수의 여신들을 좋게 부르는
　이름이다. 복수의 여신들은 흔히 머리카락이 뱀으로 되어 있는 것으로 그려진다.
37행 프로메테우스 : 프로메테우스는 카우카소스 산정에서 제우스의 벌을 받고
　있다. 여기서는 마치 저승에서 형벌의 고통을 당하는 것처럼 이야기한다.
37행 펠롭스의 아비 : 탄탈로스는 신들의 만찬에서 아들 펠롭스를 신들에게
　음식으로 바치는 불경죄를 저질렀다.
39행 오리온 : 유명한 사냥꾼 거인족이다. 그는 저승에서도 계속해서 사냥을
　즐기고 있다.

II 14 포스투무스, 포스투무스

1행 포스투무스 : 로마의 유명한 씨족 이름으로, 5행에서 '친구'라고 부르지만
　정확히 누구인지 알 수 없다. 혹자는 '마지막에 남은 사람' 혹은 '유복자' 등의
　뜻을 살려 읽어야 한다고 생각한다.
6행 삼백 황소를 : 일반적으로 호메로스의 작품에서 신들에게 바치는 제물은

'일백 황소'라고 불렸다. 무수히 많은 제물을 뜻한다.

7행 플루토: 저승을 다스리는 신이다.

8행 게뤼온과 티튀오스: 게뤼온은 서쪽 끝에 살던 괴물 거인족으로, 아이스퀼로스에 따르면 세 몸이 하나로 붙어 있었다. 헤라클레스는 게뤼온의 황소를 빼앗아 오는 과제를 수행하면서 게뤼온을 무찔렀다. 티튀오스는 거인족의 한 명으로 레토 여신을 납치하려다 레토 여신이 낳은 아폴로와 아르테미스에게 죽임을 당했고, 이후 타르타로스에 갇혀 프로메테우스와 비슷한 형벌을 받게 되어 매일 저녁 독수리들이 그의 간을 쪼아먹는다.

9행 통곡의 강물: 저승에 흐르는 스튁스강을 가리킨다.

11행 건너야 할 강: 신화에 따르면 망자의 영혼은 카론의 배를 타고 스튁스강을 건너간다.

14행 목이 쉰 하드리아: 아드리아해(=하드리아해)의 거친 파도는 항해자들을 위협한다.

15행 가을남풍: 8월과 9월에 아프리카 사하라 사막에서 지중해를 건너 이탈리아로 불어오는 열풍으로, 이때 로마인들은 열풍을 피해 시골로 피서를 떠났다고 한다.

18행 코퀴토스: 저승에 흐르는 강.

19행 다나오스의 딸들: 아르고스의 건설자 다나오스는 형 아이귑토스의 아들들을 사위로 맞을 수밖에 없었을 때, 자신의 딸 쉰여 명으로 하여금 신혼 첫날밤 신랑을 모두 죽이라고 했다. 그 대가로 저승에서 밑 빠진 독에 물을 가득 채우는 형벌을 받았다.

20행 아이올로스의 시쉬포스: 시쉬포스는 나중에 코린토스를 건설한 전설의 왕으로, 테살리아의 왕 아이올로스의 아들이다. 저승에서 돌을 굴려 올리는 힘겨운 노역의 형벌을 받고 있다.

23행 편백: 하계의 왕 플루토에게 바쳐진 나무로 장례식 장식용으로 사용되며, 흔히 무덤 주변에 심는다.

25행 당신의 잘난 상속인: '잘난(dignior)'은 반어적이다. 옛 주인이 아끼며 마시지 않고 소중하게 보관하던 포도주를 상속인이 마셔 없앤다.

26행 카이구붐: 최고급 포도주 가운데 하나다. 『서정시』 I 20, I 37을 보라.

27행 대사제의 저녁 만찬: 대사제의 저녁 만찬은 흔히 성대한 식사의 대명사로 쓰인다.

II 15 장차 제왕의 궁궐은

2행 루크리누스: 캄파니아의 해안도시 바이아이에 위치한 석호다. 기원전

37년 아그리파 장군은 아베르누스 호수와 하나로 연결하여 율리우스 군항을 조성했다.

4행 독신으로 살아가는 플라타누스 : 플라타누스 나무는 그늘을 넓게 드리우는 나무로, 로마의 부자들이 정원에 장식용으로 심었다. 플라타누스는 아름다운 장소의 대명사다(『서정시』 II 11을 보라). 느릅나무와는 달리 그늘을 넓게 드리우는 플라타누스는 포도나무 넝쿨을 받쳐줄 나무로 쓰이지 못한다.

8행 감람나무 숲 : 과거 과수원에서 자라던 포도나무와 감람나무를 뽑아 버리고 이를 정원으로 바꾸면서 농부에게 풍요를 가져다주던 들판이 사라진다.

9행 월계수 : 4행의 플라타누스와 마찬가지로 장식용으로 정원에 심어진 나무다.

10행 로물루스 : 로마의 건설자이자 첫 번째 왕이다.

11행 장발의 카토 : 마르쿠스 포르키우스 카토(M. Porcius Cato, 기원전 234~149년)는 흔히 대(大)카토라고 알려졌다. 기원전 195년에 집정관을, 기원전 184년에 호구감찰관을 지냈다. 근엄한 생활 방식과 외래 문물 배척한 것으로 유명하다. '장발'은 실제로 카토가 머리를 길게 길렀다기보다는 그의 소박한 생활을 상징한다.

14행 옳다 여겼으며 : 전승 사본의 '사적인(privatus)'은 15행에서도 반복되는 '사사로이'와 함께 '공동 추렴'과 대조를 이룬다. 하지만 '사재(私財)'는 이미 개인 재산을 조사하는 행위이므로 '사적인'이란 형용사가 필요하지 않다.

14행 장척으로 : 장척(丈尺)은 열 자 길이의 자를 가리키며 대형 건설 공사에 사용되던 자다.

16행 북변 그늘 : 북쪽으로 숲을 두어 더위를 피할 곳을 확보하는 것이 이탈리아에서 매우 중요했다. 부자들은 숲을 깎아내고 거기에 회랑 등 거대한 석조 건물들을 세웠다.

II 16 신들께 평온을

5행 지독한 트라키아 전쟁 : 마케도니아 북쪽에 거주하는 트라키아인들은 사나운 야만족이었다.

8행 그로스푸스 : 폼페이우스 그로스푸스는 시킬리아에 큰 농장을 소유한 부자였다.

14행 조상이 물려준 소금통 : 부자들은 수많은 값비싼 향신료로 양념한 요리를 먹지만, 가난한 사람에게는 소금이 유일한 양념이다.

18행 낯선 태양이 : 오비디우스의 『변신 이야기』 1권 45행 이하에 나오는 설명에 따르면, 지역마다 태양의 열기는 서로 달라 지역마다 기후가 달라진다고 한다.

29행 아킬레스 : 트로이아 전쟁의 영웅 아킬레스의 로마식 표기다.

30행 티토노스 : 새벽의 여신 아우로라의 남편으로, 영원한 삶은 약속받았으나 영원한 청춘은 주어지지 않아 그는 계속해서 늙어 갔다.

36행 아프리카 소라고동 염료 : 소라 고동은 자주색 염료를 얻기 위한 재료이며, 이는 북아프리카 해안에서 채취되었다. 자주색 염료는 원로원 의원들의 의복에 줄무늬 장식을 넣는 데 사용된다.

39행 운명의 여신 : 원문 'Parca'는 운명의 여신이지만, 어원적으로 '근검한', '문체가 간결한' 등의 뜻을 가진다. 시인이 선택한 생활방식(조그만 시골)과 문체(가녀린 노래)를 상징한다.

II 17 어찌 그런 탄식으로

1행 그런 탄식으로 : 기원전 30년 가을 마에케나스는 오랜 병고를 치르고 회복되었다. 병중에 마에케나스는 죽음의 두려움 등으로 심리적으로 불안했고, 이를 호라티우스에게 여러 차례 하소연했던 것으로 보인다.

13행 키메라 : 염소의 몸과 사자의 머리와 뱀의 꼬리를 가진 괴물로, 숨을 쉴 때 불을 뿜는다.

14행 귀게스 : 우라노스와 가이아 사이에서 태어난 백 개의 팔이 달린 괴물은 셋이다. 귀게스는 헤시오도스 『신들의 계보』 149행에 언급된 것처럼 이들 백 개의 팔을 가진 괴물 가운데 하나다. 또 다른 하나가 아에트나 화산 아래 묻혔다고도 한다.

17~20행 천칭자리와 전갈자리가……그럴지라도 : 여기서 언급된 네 별자리, 천칭자리와 전갈자리와 사수자리와 염소자리는 황도 12궁의 마지막 별자리들이다. 사람들은 태어날 때의 별자리가 사람의 일생에 영향을 미친다고 믿었다. 호라티우스 본인이 언급하는 것에 따르면(『서정시』 III 4, 26행 이하) 세 번 목숨을 잃을 뻔했는데, 첫 번째는 필리피 전투, 두 번째는 나무가 머리 위로 쓰러진 사건, 세 번째가 루카니아 팔리누루스 곶에서 난파당한 사건이다. 이런 여러 번의 위기는 아마도 태어나던 시기의 별자리들이 그에게 불길한 영향을 미쳤기 때문이라고 시인은 말하고 있다.

23행 패륜의 사투르누스 : 사투르누스는 열병 등 질병을 몰고 오는 신이다. '패륜'은 사투르누스가 아비지 우라노스를 거세한 일을 의미한다.

26행 극장을 채웠습니다 : 『서정시』 I 20에서 언급된 것처럼 마에케나스가 오랜 투병 생활을 이기고 폼페이우스 극장에 다시 건강한 모습으로 나타났을 때 극장을 가득 메운 사람들이 그의 건강을 축복하며 환호했다고 전한다.

28행 파우누스 : 희랍의 판(Pan)에 해당하는 신으로, 농부와 목동을 돌본다. 판이 메르쿠리우스의 아들인바 메르쿠리우스의 추종자들을 보호한다.

29행 메르쿠리우스의 추종자들 : 메르쿠리우스의 가호를 받는 사람이거나 혹은
    메르쿠리우스가 다스리는 영역, 다시 말해 시와 언어의 영역에서 탁월한 사람을
    가리킨다.
31행 소망의 신전 : 마에케나스가 건강을 소망하며 신에게 약속한 신전을
    가리킨다.

II 18 상아와 황금으로

3행 휘마투스 석재 : 휘마투스는 아테네 동쪽에 위치한 산으로, 이곳의 푸른빛
    대리석은 유명하다.
4행 아프리카 끝자락 : 북아프리카 누미디아의 시미투스 지역은 노란빛 대리석
    생산지로 유명하다.
6행 아탈루스 궁전 : 페르가몬의 왕 아탈루스 3세는 기원전 133년 상속인 없이
    사망했고, 페르가몬은 로마에 유증되었다.
8행 라코니아 다홍 : 라코니아에서 생산되는 붉은 염료로, 값비싼 염색 재료이기
    때문에 부자들이 아니면 사용할 수 없었다.
20행 바이아이 : 네아폴리스 근처에 위치한 해변으로 휴양도시로 유명하다.
22행 집터가 모자란다 외쳐댄다 : 『서정시』 III 1, 33~37행과 III 24, 3행을 보라.
30행 강탈자 오르코스 : 저승을 다스리는 하데스의 로마식 이름이다.
34행 오르코스의 시종 : 스튁스강의 뱃사공 카론을 가리킨다. 망자의 영혼을
    저승으로 안내하는 메르쿠리우스를 가리키는 것으로 보는 사람들도 있다.
35행 황금을 받았다고 해서 : 카론의 배를 타기 위해서는 뱃삯을 지불해야 한다.
36행 프로메테우스 : 앞서 『서정시』 II 13, 37행에서처럼 프로메테우스는 하계에서
    벌을 받는 것으로 그려진다. 프로메테우스가 꾀를 부려 저승에서 빠져나오기
    위해 뇌물을 썼다는 이야기는 다른 곳에서는 찾을 수 없다.

II 19 나는 멀리 깊은 산에서

1행 멀리 깊은 산에서 : 박쿠스와 박쿠스의 추종자들은 흔히 숲 속 깊은 곳,
    사람이 찾지 않는 외진 곳에서 축제를 벌인다.
3~4행 염소발의 사튀로스들 : 사튀로스는 박쿠스의 추종자로, 인간과 염소를
    결합해 놓은 형상이다.
7행 해방의 신 : 박쿠스의 다른 이름이다. 포도주가 시름을 잊게 하고 마음을
    편하게 만들어 주기 때문이다.
8행 지팡이 : 박쿠스가 가지고 다니는 지팡이를 '튀르소스'라고 부른다.
9행 멈추지 않는 여인들 : 박쿠스를 따라다니는 여인들은 잠조차 자지 않고

박쿠스를 위해 '멈추지 않고' 끊임없이 춤추고 노래했다. 에우리피데스
『박코스의 여신도들』706행 이하를 보라.

10~12행 포도주……젖……꿀 : 박쿠스의 지팡이 튀르소스가 기적을 행하는
도구이므로 튀르소스로 대지를 치면 포도주가 샘솟고 젖과 꿀이 흐른다.
에우리피데스『박코스의 여신도들』706행 이하를 보라.

13행 당신의 행복한 부인 : 박쿠스의 부인 아리아드네를 가리킨다. 아리아드네는
하늘의 별자리, 왕관자리가 되었다.

14행 펜테우스 집안 : 박쿠스를 낳은 세멜레는 테베의 왕 카드모스의 딸이며,
카드모스의 손자 펜테우스는 왕국을 상속받는다. 에우리피데스 비극『박코스의
여신도들』에서 볼 수 있는 것처럼, 펜테우스는 박쿠스와 박쿠스의 여신도들을
박해한 죄의 대가로 벌을 받아 죽임을 당했다.

16행 뤼쿠르구스의 파멸 : 트리키아의 왕 뤼쿠르구스도 펜테우스와 마찬가지로
박쿠스를 추방하고 박쿠스의 추종자들을 박해한 죄로 박쿠스에게 죽임을
당했다.

18행 강들을, 야만의 바다를 정복했고 : 박쿠스는 희랍땅을 떠나 뤼디아, 박트리아,
메디아, 아라비아, 그리고 인도까지 진출하여 동방의 여러 나라를 정복했다.
'야만의 바다'는 인도양 혹은 홍해를 가리킨다.

20행 비스토네스 여인들 : 트리키아에 사는 어떤 종족의 여인들을 가리키는
이름이다. 이들은 특별한 박쿠스 축제를 거행했다.

21행 아버지의 나라 : 거인족은 펠리온산을 쌓아 올려 올림포스 신들에게
도전했는데, 이를 거인족의 전쟁이라고 한다. 박쿠스는 아버지 유피테르를 도와
거인족을 물리쳤다.

23행 로에투스 : 거인족 중 한 명이다.

29행 케르베루스는 당신에게 : 박쿠스는 어머니 세멜레를 데려오기 위해 저승으로
내려갔고, 세멜레를 데리고 돌아올 때 저승의 문을 지키는 케르베루스는 그를
공격하지 않았다.

30행 황금뿔이 솟아난 : 박쿠스는 멋진 뿔이 달린 황소 등 여러 가지 모습으로
변신하기도 한다. 에우리피데스『박코스의 여신도들』에서 펜테우스의 눈에
박쿠스가 이런 모습으로 보인다.

II 20 평범하지도 유약하지도않은

4행 질투를 이기고 : 동료 시인들이 가지는 경쟁심과 질투를 모두 물리치고 지상에
머무는(3행) 동료들이 도전할 수 없는 곳에 이른다는 뜻이다.

5행 수도 : 로마 제국의 수도 로마를 가리킨다.

5행 빈한한 양친 : 호라티우스의 부친은 해방노예였지만 '빈한한'은 과장이다.

13행 다이달로스의 이카로스 : 미로에 갇힌 다이달로스와 그의 아들은 날개를
만들어 미로를 탈출했다.

14행 신음하는 보스포로스 : 트라키아와 비튀니아의 중간에 놓인 해협으로 거친
파도로 유명하다.

15행 노래의 새 : 10행 '흰빛의 새'와 함께 백조를 가리킨다.

15행 가이툴리아 쉬르티스 : 북아프리카 리뷔아에 있는 모래 언덕을 쉬르티스라고
하며, 쉬르티스 서쪽에 위치한 지역을 가이툴리아라고 부른다.

17행 콜키스족 : 콜키스는 메데이아의 고향으로 흑해의 동부 연안에 위치한다.

18행 다키아족 : 오늘날 루마니아 지역에 거주하던 종족으로, 로마와 계속
충돌했다.

19행 젤로니족 : 스퀴타이족에 속하는 종족으로, 오늘날 러시아 남부 지역에
거주하던 종족이다.

19행 학식 높은 히베리아 : 히베르강의 서쪽 땅 히스파니아는 일찍이 문명이
발달한 지역이다.

20행 로다노스를 마시는 : 로다노스강은 나르보의 갈리아를 가로질러 지중해로
흘러드는 강이다.

21행 망자 없는 장례식 : 호라티우스는 새가 되어 날아갔기 때문에 실제로
호라티우스의 시신이 없으며, 나아가 호라티우스의 죽음도 있을 수 없다.

김남우

호라티우스의 생애는 그의 작품들, 그중에서도 특히
『서간시』와 『풍자시』, 수에토니우스(Suetonius, 기원후 70~140년)의 시인
전기[1]와 포르퓌리우스(Porphyrius, 기원후 3세기)의 호라티우스 작품
주석[2]을 근거로 재구성할 수 있다.[3] 호라티우스의 생애에 관한
출처는 이렇게 세 가지뿐이다.

호라티우스의 이름은 퀸투스 호라티우스 플라쿠스 Quintus

---

1) Di Augusto Rostagni, *Suetonio De Poetis e Biografi minori*, New York,
1979.

2) Alfred Holder, *Pompini Porfyrionis commentum in Horatium Flaccum*,
New York, 1979.

3) Eduard Fraenkel, *Horace*, Oxford, 1957, ch. I, pp. 1~23 을 보라.

4) 수에토니우스와 포르퓌리우스가 그의 이름을 언급했는데 "Quintus"라는
이름은 호라티우스의 작품 가운데『풍자시』II 6, 37행에서 볼 수 있으며,
"Horatius"는『서정시』IV 6, 44행과『서간시』I 14, 5행에서 볼 수 있으며,
"Flaccus"는『비방시』15, 12행과『풍자시』II 1, 18행에서 볼 수 있다.

5) 『서간시』I 20, 26~27행 "나는 롤리우스가 레피두스를 동료 집정관으로
뽑은 해에 꽉 찬 열한 번째 12월을 맞았다." 롤리우스가 레피두스를 동료
집정관으로 뽑은 해는 기원전 21년이다. 수에토니우스의 기록을 보면
"루키우스 코타와 루키우스 토르콰토스가 집정관이던 해 12월 8일에
태어났다" 생년월일은 호라티우스의 기록과 같다. 생일에 관해서는 다만
수에토니우스가 전하는 것뿐이다. Fraenkel(1957), 22쪽 이하 참조.

6) 『풍자시』II 1, 34~35행 "루카니아 사람이기도 하고 아풀리아 사람이기도
한 나는…… 왜냐면 베누시아의 농부는 두 지방이 맞붙은 경계에서 밭을
갈며 사니까요."

Horatius Flaccus다.[4] 호라티우스는 기원전 65년 12월 8일에 태어났다.[5] 고향은 이탈리아 남부 아풀리아 지방과 루카니아 지방의 경계에 있는 도시 베누시아다.[6] 아우피두스강이 가로질러 흐르고 있으며, 베누시아와 가까운 곳에 불투르산이 솟아 있다.[7] 호라티우스의 가족 가운데 유일하게 아버지에 관해서만 전해진다. 그의 아버지는 해방노예[8]였으며, 작게나마 토지를 소유하고 있었다.[9] 아버지는 호라티우스의 교육을 위해 로마로 이사했고, 로마에서 경매 중개인으로 생계를 꾸리며 아들을 교육시켰다.[10] 호라티우스는 고향에서 플라비우스라는 이름의 선생 밑에서 수학했으며,[11] 로마로 곧 이사하여 오르빌리우스의 학교에서 공부했다.[12] 이후 아테네로 유학을 떠나 철학을 배웠다.[13]

호라티우스는 아테네 유학을 중간에 포기했으며, 브루투스의 군사대장으로 내전에 참여한다.[14] 기원전 44년 브루투스가 아테네로 온 시점부터, 42년 11월 마케도니아의 필리피 전투에서 최종적으로 패배할 때까지 호라티우스는 브루투스 밑에서 아우구스투스에 맞서 싸웠다.[15] 아우구스투스의

---

7) 아우피두스강은『서정시』 III 30, 10행; IV 14, 25행; IV 9, 2행에서, 불투르산은『서정시』 III 4, 9행에서 언급된다.

8) 『풍자시』 I 6, 45행 "해방노예의 아들인 나에게"

9) 『풍자시』 I 6, 71행 "작은 땅으로 가난했던 아버지는"

10) 『풍자시』 I 6, 86행 "그가 그러했던 것처럼 경매 중개인으로 내가"

11) 『풍자시』 I 6, 72행 "그는 나를 플라비우스의 학교에 보내길 원치 않았다."

12) 『서간시』 II 1, 69행 이하.『서간시』 II 2, 41~42행.

13) 『서간시』 II 2, 43행 이하.

14) 『풍자시』 I 6, 46~47행 "예전 로마 군단이 군사대장인 나에게 복종하였으니"

사면이 브루투스파에게 내려졌으나, 희랍에서 로마로 돌아온 호라티우스는 사면의 대가로 재산을 몰수당한다.[16]

호라티우스는 호구지책으로 우선 재무관 서기[17] 일자리를 얻는다. 재무관 서기로 일하면서 호라티우스는 가난을 면하기 위해 시를 쓰기 시작했고,[18] 시를 쓰면서 베르길리우스와 바리우스 등과 교제했다.[19] 기원전 38년 겨울에는 베르길리우스와 바리우스가 마에케나스에게 호라티우스를 소개해 주었고, 마에케나스를 접견한 뒤 9개월 후 호라티우스는 그의 보호를 받게 된다.[20] 기원전 34년 호라티우스는 마에케나스에게서 사비눔 영지를 선물받았으며, 사비눔 영지는 호라티우스에게 경제적 안정을 가져다준다.

기원전 35년 『풍자시』 1권을 발표했으며, 기원전 30년에는 『비방시』와 『풍자시』 2권을 발표한다. 기원전 23년에는 『서정시』

---

15) 『서정시』 II 7은 필리피 전투에서 같이 싸운 친구 폼페이우스에게 바치는 시다. 『서간시』 II 2, 46 이하 "하나 험난한 시절에 나는 사랑스러운 그곳을 떠나, 군사의 문외한이면서 내전에 휘말려 군대에 들어갔고 우리는 카이사르와 아우구스투스에 훨씬 열등하였습니다. 그리하여 필리피 전투에서 패하여 쫓겨나게 되어."

16) 『서간시』 II 2, 50행 이하 "동전 한 닢 없이 비참한 꼴로 아버지가 물려준 재산과 시골 땅도 잃고"

17) 수에토니우스만이 이를 전하고 있다.

18) 『서간시』 II 2, 51행 이하, "가난 때문에 감히 나는 시를 쓰게 되었습니다." 여기서 '가난'은 얼핏 보기에 그렇게 보일 수도 있지만, 사실 시인의 물질적 빈곤이 아닐 수도 있다. '가난'은 호라티우스 문학에서 에피쿠로스적 삶의 이상을 대신하는 말이다.

19) 『풍자시』 I 6, 55행 이하 "예전에 위대한 베르길리우스, 또 바리우스가 내가 어떠한 사람인지를 말하였고."

20) 『풍자시』 I 6, 61행 이하 "그리하여 9개월 후에 나를 다시 불러 친구들의 무리에 함께 하도록 명했다."

1~3을 묶어 발표하고, 기원전 20년에는 『서간시』 1권, 기원전 14년에는 나중에 『시학』으로 알려진 서간시를 포함한 『서간시』 2권을, 기원전 13년에는 『서정시』 4권을 발표한다.

수에토니우스에 따르면 호라티우스는 마에케나스가 떠나고 59일 후 로마에서 쉰일곱 살에 죽었다. 그리고 에스퀼리아이 언덕에 있는 마에케나스 무덤 옆에 매장되었다. 그때가 기원전 8년 11월 27일이었다.

세계시인선 1   카르페 디엠

1판 1쇄 펴냄 2016년 5월 19일
1판 4쇄 펴냄 2023년 8월 10일

지은이   호라티우스
옮긴이   김남우
발행인   박근섭, 박상준
펴낸곳   (주)민음사

출판등록   1966. 5. 19. (제16-490호)
주소   서울시 강남구 도산대로1길 62
           강남출판문화센터 5층 (06027)
대표전화   02-515-2000   팩시밀리 02-515-2007

www.minumsa.com

ⓒ 김남우, 2016. Printed in Seoul, Korea

ISBN 978-89-374-7501-6 (03800)
       978-89-374-7500-9 (세트)

세계시인선

1	카르페 디엠	호라티우스 | 김남우 옮김
2	소박함의 지혜	호라티우스 | 김남우 옮김
3	욥의 노래	김동훈 옮김
4	유언의 노래	프랑수아 비용 | 김준현 옮김
5	꽃잎	김수영 | 이영준 엮음
6	애너벨 리	에드거 앨런 포 | 김경주 옮김
7	악의 꽃	샤를 보들레르 | 황현산 옮김
8	지옥에서 보낸 한철	아르튀르 랭보 | 김현 옮김
9	목신의 오후	스테판 말라르메 | 김화영 옮김
10	별 헤는 밤	윤동주 | 이남호 엮음
11	고독은 잴 수 없는 것	에밀리 디킨슨 | 강은교 옮김
12	사랑은 지옥에서 온 개	찰스 부코스키 | 황소연 옮김
13	검은 토요일에 부르는 노래	베르톨트 브레히트 | 박찬일 옮김
14	거물들의 춤	어니스트 헤밍웨이 | 황소연 옮김
15	사슴	백석 | 안도현 엮음
16	위대한 작가가 되는 법	찰스 부코스키 | 황소연 옮김
17	황무지	T. S. 엘리엇 | 황동규 옮김
18	움직이는 말, 머무르는 몸	이브 본푸아 | 이건수 옮김
19	사랑받지 못한 사내의 노래	기욤 아폴리네르 | 황현산 옮김
20	향수	정지용 | 유종호 엮음
21	하늘의 무지개를 볼 때마다	윌리엄 워즈워스 | 유종호 옮김
22	겨울 나그네	빌헬름 뮐러 | 김재혁 옮김
23	나의 사랑은 오늘 밤 소녀 같다	D. H. 로렌스 | 정종화 옮김
24	시는 내가 홀로 있는 방식	페르난두 페소아 | 김한민 옮김
25	초콜릿 이상의 형이상학은 없어	페르난두 페소아 | 김한민 옮김
26	알 수 없는 여인에게	로베르 데스노스 | 조재룡 옮김
27	절망이 벤치에 앉아 있다	자크 프레베르 | 김화영 옮김
28	밤엔 더 용감하지	앤 섹스턴 | 정은귀 옮김
29	고대 그리스 서정시	아르킬로코스, 사포 외 | 김남우 옮김

세계시인선

30	셰익스피어 소네트	윌리엄 셰익스피어 l 피천득 옮김
31	착하게 살아온 나날	조지 고든 바이런 외 l 피천득 엮음
32	예언자	칼릴 지브란 l 황유원 옮김
33	서정시를 쓰기 힘든 시대	베르톨트 브레히트 l 박찬일 옮김
34	사랑은 죽음보다 더 강하다	이반 투르게네프 l 조주관 옮김
35	바쇼의 하이쿠	마쓰오 바쇼 l 유옥희 옮김
36	네 가슴속의 양을 찢어라	프리드리히 니체 l 김재혁 옮김
37	공통 언어를 향한 꿈	에이드리언 리치 l 허현숙 옮김
38	너를 닫을 때 나는 삶을 연다	파블로 네루다 l 김현균 옮김
39	호라티우스의 시학	호라티우스 l 김남우 옮김
40	나는 장난감 신부와 결혼한다	이상 l 박상순 옮기고 해설
41	상상력에게	에밀리 브론테 l 허현숙 옮김
42	너의 낯섦은 나의 낯섦	아도니스 l 김능우 옮김
43	시간의 빛깔을 한 몽상	마르셀 프루스트 l 이건수 옮김
44	작가	호르헤 루이스 보르헤스 l 우석균 옮김
45	끝까지 살아 있는 존재	보리스 파스테르나크 l 최종술 옮김
46	푸른 순간, 검은 예감	게오르크 트라클 l 김재혁 옮김
47	베오울프	셰이머스 히니 l 허현숙 옮김
48	망할 놈의 예술을 한답시고	찰스 부코스키 l 황소연 옮김
49	창작 수업	찰스 부코스키 l 황소연 옮김
50	고블린 도깨비 시장	크리스티나 로세티 l 정은귀 옮김
51	떡갈나무와 개	레몽 크노 l 조재룡 옮김
52	조금밖에 죽지 않은 오후	세사르 바예호 l 김현균 옮김
53	꽃의 연약함이 공간을 관통한다	윌리엄 칼로스 윌리엄스 l 정은귀 옮김
54	패터슨	윌리엄 칼로스 윌리엄스 l 정은귀 옮김
55	진짜 이야기	마거릿 애트우드 l 허현숙 옮김
56	해변의 묘지	폴 발레리 l 김현 옮김
57	차일드 해럴드의 순례	조지 고든 바이런 l 황동규 옮김
60	두이노의 비가	라이너 마리아 릴케 l 김재혁 옮김